Emily Bold

Ein Job für Mrs. Grey

Kurzroman

Ein Job für Mrs. Grey

Ein Job für Mrs. Grey – oder: Mission ziemlich impossible!

*Da in der Kanzlei Annas unmittelbare Enttarnung als Telefonsexgöttin durch den F*****-Harald droht, macht sie sich kurzerhand auf die Suche nach einem neuen Job. Aber das entpuppt sich als ziemliche „Mission Impossible", denn gute Jobs sind ebenso rar wie Millionäre mit Hang zu ausgefallenen Sexspielchen.*
Erst als ihr der mysteriöse (und extrem gut aussehende) Tierarzt Gideon Koch ein unmoralisches Angebot macht, scheint sich für Anna das Blatt zu wenden. Doch das Haar in der Suppe lässt nicht lange auf sich warten. Um in ihrem neuen Job zu bestehen, bräuchte sie dringend ein Quantum Trost – oder die Lizenz zum Töten!

Autorin

Emily Bold lebt mit ihrer Familie in einem idyllischen Ort in Bayern mit Blick auf Wald und Wiesen – äußerst ruhig und inspirierend. Sie schreibt Liebesromane für Jugendliche und Erwachsene.

Titel von Emily Bold

Auf der Suche nach Mr. Grey
Ein Tanz mit Mr. Grey
Frohes Fest mit Mr. Grey
Ein Job für Mrs. Grey
Im Urlaub mit Mr. grey

Lichtblaue Sommernächte
Klang der Gezeiten
Ein Kuss in den Highlands

Der Sehnsucht wildes Herz
Gefährliche Intrigen
Eine verführerische Rebellin
In den Armen des Piraten

Vergessene Küsse
Verborgene Tränen
Verlorene Träume

Vanoras Fluch (The Curse 1)
Im Schatten der Schwestern (The Curse 2)
Das Vermächtnis (The Curse 3)

Aus Nebel geboren (Darkest Red 1)
Von Flammen verzehrt (Darkest Red 2)
Im Dunkel verborgen (Darkest Red 3)

Emily Bold

Ein Job für Mrs. Grey

Coverdesign: © Emily Bold
Stock: iStockphoto
Lektorat/Korrektorat: K. Schwaben-Beicht

http://emilybold.de

Printed by Create Space, ISBN-13: 978-1523871711
Creative Media Solutions, Am Baumgarten 5, 91486 Uehlfeld

Kapitel 1

Kennt Ihr das?

Sich in einer Situation wiederzufinden und sich dann zu fragen, wie um alles in der Welt man da gelandet ist?

So ging es mir gerade.

Ich lag, an Händen und Füßen gefesselt, auf Gideons Bett und blinzelte benommen gegen die Trägheit an, die meine Glieder befallen hatte. Eine Gänsehaut überzog meinen Körper, als Marc mit hochrotem Kopf die Tür aufbrach.

Kapitel 2

Ich reckte den Hals und spähte unauffällig über den Monitor hinüber zur Tür meines Chefs. Dort stand Harald Hittinger in vollkommen selbstgefälliger Pose und schwadronierte über den erfolgreichen Verlauf der Fusion der beiden Kanzleien. Auf seiner Halbglatze glänzte der Schweiß, und sein Hemd wies nicht nur unter den Achseln dunkle Flecken auf. Er fummelte an seiner Gürtelschnalle herum und hob dabei seinen Schmerbauch an. Schnell ging ich wieder hinter meinen Computer in Deckung und schluckte die Übelkeit hinunter, die mir in der Kehle aufstieg.

Es war nicht auszuhalten! Ich lebte in ständiger Angst! Jeden Tag, sobald ich die Kanzlei betrat, verfolgte mich dieses beklemmende Gefühl. Die Angst vor Fotzen-Harald! Ich hatte Angst, ihm im Pausenraum versehentlich über den Weg zu laufen, fürchtete, mit ihm gemeinsam im Fahrstuhl eingeschlossen zu werden, und bekam eine Gänsehaut bei der bloßen Vorstellung, dass er darauf kommen könnte, dass er und ich … mit dem Pfannenwender am Telefon …

Ich schob meinen Bürostuhl zurück und rannte zur Toilette. Der kalte Schweiß stand mir auf der Stirn, und ich rieb mir die zitternden Finger.

So eine Scheiße! Ich erkannte mich selbst kaum wieder!

Von der selbstbewussten Tanz- und Sexgöttin, die kühn und mutig ihr Leben bestimmte, war nicht mehr viel übrig, als ich mich verzweifelt an der Klotür zu Boden gleiten ließ. Ich war echt im Arsch! So konnte das nicht weitergehen!

Ich wusste genau, dass ich es nicht überleben würde, sollte Harald (oder Herr Hittinger, wie ich den Viagra-Telefonisten jetzt ja nennen musste) mich erkennen. Ich würde vermutlich versuchen, mich mit einer Büroklammerkette an meiner Schreibtischlampe zu erhängen. Rein vorsorglich hatte ich die Büroklammern in der letzten Mittagspause schon aneinandergereiht, denn wenn der Fall der Fälle wirklich eintreten sollte, wollte ich mit dieser fiesen Fummelei keine Zeit verlieren!

Mein fassungsloser Blick blieb an der feuchten Stelle am Boden hängen, neben der ich saß, und sofort sprang der paranoide Part meines Gehirns an. Obwohl ich es nicht wollte, analysierte es augenblicklich die Beschaffenheit des Siffs. Farbe, Geruch … und vor allem der Ort, an dem sich der Fleck befand, ließen im Kopf eines logisch denkenden Wesens (und ja, dazu zählte ich mich gelegentlich) nur ein Ergebnis zu: Pipi! Ich saß direkt neben einer Pipi-Pfütze.

Und, als wäre das noch nicht genug, spürte ich jetzt, wie Feuchtigkeit in den Stoff meines Rocks eindrang.

Grandios! Ich hatte Fremd-Pipi an mir!

Angeekelt rappelte ich mich hoch und versuchte dabei, mich selbst genauso wenig zu berühren wie die Kloschüssel. Mit spitzen Fingern, die Nase gerümpft, tupfte ich meine Kehrseite mit Klopapier ab, bis die Rolle leer war.

Es war Zeit, früher Feierabend zu machen, denn meine Arbeitsmoral hatte ich soeben mit dem Papier im Klo hinuntergespült. Zum Glück war Freitag!

„Ich brauche einen neuen Job!“, erklärte ich Marc, kaum dass ich zur Tür reinkam.

Er lag mit Pussy auf der Couch und kämpfte auf seiner Konsole gegen Zombies.

Da ich wusste, wie hinterhältig diese gruseligen Gesellen waren, wartete ich, bis er auch dem letzten sich in dieser Spielsequenz befindlichen Halbtoten den Kopf abgerissen und zertreten hatte, ehe ich weitersprach.

„Warte – ich hab’s gleich.“ Marc schoss noch schnell einem tollwütigen Hund in den Schädel, der wie eine skelettartige Ratte hinter einer Mülltonne hervorkam –, dann drückte er die Pause-Taste.

Mit einem mitleidigen Blick auf den Hund, der mit seinem explodierenden, Hirnmasse verspritzenden Kopf so aussah, wie ich mich fühlte, schlurfte ich ins Bad.

Marc nahm Pussy auf den Arm und folgte mir.

„Also, noch mal von vorne. Was ist passiert?“ Er lehnte in der Tür und beobachtete, wie ich meinen Rock und meine Strumpfhose auszog.

„Ich muss kündigen!“

„Warum?“

Marc legte den Kopf schief und musterte mich genießerisch. Nebenbei kraulte er Pussy. Hörte er mir überhaupt zu?

Ganz automatisch zog ich den Bauch ein, ehe ich mich wieder zu ihm umdrehte.

„Ich hab dir doch erzählt …“ Scheiße, war das peinlich! „… dass mein Boss sich einen Partner gesucht hat.“

Marc wirkte tatsächlich abgelenkt. Sein Blick ruhte auf mir, und das Funkeln in seinen Augen verriet seine Gedanken.

„Marc? Hörst du, was ich sage?“

„Hmmm, sicher …“ Er setzte die Katze ins Waschbecken und kam näher. „Du hast irgendwas von der Arbeit gesagt. Ich bin ganz Ohr“, murmelte er und ließ seine Hände über meine Hüften gleiten. „Sprich weiter, Annalein. Lass dich von mir …“ Er schob mein Shirt hoch, und seine Fingerspitzen strichen über die Wölbung meiner Brüste. „… nicht ablenken.“

Nicht ablenken? Der war gut! Ich wusste schon nicht mehr, was ich hatte sagen wollen.

„Ja, also …“ Er streifte mir das Shirt über den Kopf und öffnete meinen BH. Das brachte mich leicht aus dem Konzept. „Marc, ich …“

Mit einem Ruck zog er den Gürtel meines an der Tür hängenden Bademantels aus den Laschen und umwickelte damit meine Handgelenke.

„Ich glaube, wenn ich mir das recht überlege, Annalein …“ Er hob seine Spottbraue und grinste schief. „… dann interessiert mich deine Geschichte aus der Arbeit im Moment doch nicht so wirklich."

Ach nein? Das war mir inzwischen auch schon aufgefallen. Ein köstliches Prickeln durchlief meinen Körper, als Marc meine gefesselten Hände anhob und an die Duschvorhangstange band.

„Was wird das?", fragte ich atemlos und mit wachsender Erregung. Obwohl Marc dank meines genialen Sextoyweihnachtsgeschenks so langsam seine dominante Ader entdeckte, hatte ich nach dem Jahreswechsel mein durch sexuelle Aktivität angestrebtes Wunschgewicht doch noch nicht wieder erreicht. Wir mussten uns da einfach noch etwas mehr ins Zeug legen!

Vielleicht sollte ich noch mal diese Frauenzeitschrift raussuchen, in der die Tabelle mit dem Kalorienverbrauch der einzelnen Stellungen beim Sex abgedruckt gewesen war. Die Missionarsstellung hatte da ganz schlecht abgeschnitten, weil die Frau dabei recht wenig zu tun hat – aber ob *an die Duschvorhangstange gebunden* überhaupt aufgeführt war? Ich konnte mich jetzt nicht direkt daran erinnern.

„Tja, Annalein, ich lag hier heute den ganzen Tag, einsam, nur mit so einer haarigen Pussy …" Ganz langsam streifte er mir den Slip ab, ohne den intensiven Blick in meine Augen zu unterbrechen. „… und hab an dich gedacht. Und daran, was ich gerne mit dir anstellen würde …"

„Hast du das?", fragte ich gespielt unschuldig und drängte mich an seine liebkosenden Hände.

„Ja, das hab ich. Und ich finde, ich sollte dir zeigen,

was ich mir da so überlegt habe. Was meinst du, Misses Grey?“

Er gab mir einen Klaps auf den Po, ehe er seine Jeans öffnete.

Ich jubilierte! Wer hätte gedacht, dass dieser Tag nach dem Fremdpipi-Vorfall noch so gut werden könnte!

Nachdem sowohl die Duschstange als auch der Missionar versucht hatten, mich meinem Wunschgewicht näher zu bringen, lagen Marc und ich etliches später zusammengekuschelt auf dem Sofa und schauten der Bachelorette dabei zu, wie sie gleich eine ganze Gruppe von Schönlingen auf einmal datete. Dabei fragte ich mich, wie es so weit hatte kommen können, dass ich schon wieder einen roten Abdruck auf meinem Allerwertesten hatte. Schmunzelnd, als könnte er meine Gedanken lesen, ließ Marc seine Hand auf die pochende Stelle unter meinem Bademantel wandern und streichelte mich vorsichtig.

„Hab ich dir wehgetan?“, fragte er beinahe reuig, auch wenn ich wusste, wie sehr er seine Rolle an diesem Nachmittag genossen hatte.

Ich beschwichtigte ihn mit einem langen Kuss und einem Lächeln.

„Was wolltest du eigentlich vorhin erzählen? Warum

brauchst du einen neuen Job?“, fragte er nach einer Weile und sah mich ernst an.

Oh nein! Da war sie wieder! Die grausame Realität! Dabei hatten wir uns in den letzten Stunden so schön in eine Halbwelt aus Sex und Fantasien aus meiner Lieblingsromanreihe geflüchtet. Meine Probleme bei der Arbeit hatte ich dabei total vergessen.

Schnaubend raffte ich meinen Bademantel zusammen und setzte mich auf.

„Ich brauche einen neuen Job, denn … denn dieser Typ, der mit dem Pfannenwender, du weißt schon …“

„Oh nein!“ Marc grinste. „Sag jetzt nicht, der ist ein neuer Mandant!“

Ich schüttelte den Kopf und konnte mir ein hysterisches Kichern nicht verkneifen.

„Nein, viel schlimmer! Er … ist mein neuer Boss!“

Marc lachte laut.

„Das ist doch praktisch, Annalein! Dann hast du dich ja quasi schon … hochgeschlafen! Ich würde da am Montag gleich mal eine Gehaltserhöhung beantragen!“

Kapitel 3

Der Plan war also gefasst! Ich würde – entgegen Marcs dämlichem Vorschlag – einen großen Bogen um die Telefonsex-bezogene Gehaltserhöhung machen und mir stattdessen einen neuen Job suchen.

Jawoll!

Und warum sollte das auch ein Problem sein? Ich war schließlich qualifiziert. Ich war doch halbwegs gut in meinem Beruf. Tippen, Abheften und Telefonate annehmen – das machte ich doch mit links … na gut, manchmal verzweifelte ich, wenn der Kopierer mal wieder einen Papierstau hatte, aber das war im Grunde schon meine einzige Schwäche. Ich war also eine topqualifizierte Angestellte. Ich könnte überall arbeiten.

Allerdings gab die Seite mit den Stellenangeboten im Wochenendblatt nicht viel her.

Entscheiden Sie sich für eine Ausbildung in ihrem Fleischerei-Fachbetrieb. Wir stellen ein: Auszubildende im Beruf des Metzgers und zur Fleischereifachverkäuferin

Hmmm … an so was hatte ich jetzt nicht gedacht, obwohl ich Lebensmitteln im Grunde schon zugeneigt war. Oh ja! Ich sollte mir einen Job in einer Schokoladenfabrik suchen! Seite an Seite mit Johnny Depp – das wär was … obwohl ich dann wohl wieder etwas von der Arbeit abgelenkt sein könnte.

Na, wie auch immer … Ich hatte zwar das rote Kleid von Maries Hochzeit zu Hackfleisch verarbeitet, aber einer Kuh das Fell abzuziehen, um Würstchen zu machen, war schon etwas anderes.

Ich suchte weiter.

Haushaltshilfe für Privat gesucht: Für mein Loft in München suche ich attraktive Putzhilfe, die gerne zeigt, was sie hat.

Was sollte ich mir denn darunter vorstellen? Das war doch ganz klar ein Perverser! Und das in so einer seriösen Tageszeitung und noch dazu um diese Uhrzeit!

Ich sah direkt vor mir, wie ich nackt bis auf ein neckisches Schürzchen auf allen vieren den Boden schrubbte, während der Hausherr … nun, eben auch an etwas herumpolierte.

Nein danke! Das war auch nicht besser, als sich vor Harald zu erniedrigen.

Gab es denn in ganz München keine vernünftige Stelle für mich?

Hier wurden Kfz-Mechatroniker gesucht und dort Zeitungsausträger. Ich blätterte frustriert um.

Na also, das sah doch schon besser aus:

Wir brauchen Unterstützung in unserem Team: Sind sie flexibel, teamorientiert und können selbstständig arbeiten? Dann bewerben Sie sich: Kanzlei Klett & Partner

PERFEKT! Klett & Partner – da lag meine Zukunft. Weit weg von Fotzen-Harald …

Ich kringelte die Anzeige mit dem Neonmarker ein und warf die Zeitung auf den Couchtisch. Das war doch ein sehr erfolgreicher Vormittag! Ich suchte gerade erst seit wenigen Stunden einen Job und war schon so gut wie eingestellt!

Wenn ich mir jetzt noch Marcs Laptop leihen konnte, um meinen beeindruckenden Lebenslauf zu Papier zu bringen, war die Sache geritzt.

Ich war sehr stolz auf mich. Immerhin war es mir gelungen, ein Vorstellungsgespräch in dieser Kanzlei zu ergattern. Darum – und, um mich etwas zu beruhigen – hatte ich eine Packung Schokodrops neben mir auf dem Beifahrersitz liegen, von denen ich schon einen Großteil verdrückt hatte. Trotzdem zitterten mir vor Aufregung die Hände. Was sollte schon schiefgehen? Es war ja nur ein Vorstellungsgespräch. Und ich war gut vorbereitet. Ich hatte einen kurzen Rock an und eine Bluse, die meinen Busen betonte. Mein zukünftiger Chef würde also nichts zu meckern haben. Ich hoffte nur, dass die Büroflure nicht so ellenlang waren, denn, obwohl ich seit dem Tanztraining mit Robbie Williams … äh, Flo, auf hohen Hacken etwas sicherer war, rebellierten meine Füße noch immer gegen Absätze jenseits der vier Zentimeter.

Ich schielte auf meine schwarzen High Heels, die auf der Rückbank auf ihren Einsatz warteten. Zum Fahren waren die wirklich nicht geeignet, darum trug ich gerade meine wenig zum Outfit passenden, ausgelatschten

Turnschuhe. Aber ich hatte ja nicht vor, mich so irgendwo sehen zu lassen. Ehe ich im Parkhaus aus dem Auto steigen würde, würde ich die Treter gegen die „Gib-mir-den-verdammten-Job-Pumps“ tauschen und dann mit dem Fahrstuhl in den fünften Stock fahren.

Ha! Ich war wirklich gerissen! Wobei ich mich natürlich insgeheim fragte, ob nicht jede dieser Stöckelschuh-Tussis in Wahrheit eine Flachlatschen-Fetischistin war, die, ganz ähnlich wie ein Alkoholiker, ihre Birkenstockschlappen überall versteckte. Und immer, wenn sie sich unbeobachtet fühlte, jagte sie die hohen Absätze zum Teufel und genoss den Rausch der Bodennähe …

Das Hupen eines vorbeifahrenden Lasters riss mich aus meinen Gedanken.

Huch – ich fuhr ja nur sechzig! Das fühlte sich zwar in meiner alten Rostlaube wie dreihundert an, aber für die A9 war es wohl etwas zu langsam. Ich drückte aufs Gas und beobachtete, wie die Tachonadel auf immerhin achtzig Sachen kletterte. Damit konnte ich mich wohl getrost im Tross der Lastwagen einreihen, ohne noch weitere Fernfahrer wegen Verkehrsbehinderung gegen mich aufzubringen.

„Shit!“, murmelte ich und kniff die Knie zusammen. Das Hupen hatte mich so erschreckt, dass meine leicht nervöse Blase sofort Alarm meldete. Das war ja so typisch! Meine Blase war ein verwöhntes kleines Sensibelchen mit Geltungsdrang! Und genau dieser Drang machte mich jetzt so hibbelig. Dabei waren es nur noch zwanzig Minuten bis zur Kanzlei.

„Reiß dich jetzt zusammen!“, ermahnte ich meinen

Unterleib und konzentrierte mich darauf, den Anschluss an die Stoßstange des Lasters vor mir nicht zu verlieren. Ich musste echt mal wieder öfter Auto fahren! Diese Kurverei auf der Autobahn war wirklich nichts für mich. Und genau genommen war das auch der Nachteil an dem neuen Job. Ich brauchte ein Auto, um jeden Tag diese Strecke zurückzulegen. Und mein Auto brauchte eine Reparatur. Und dafür brauchte ich Geld. Und um an das Geld zu kommen, brauchte ich den neuen Job. Das war ein verdammter Teufelskreis, und ich sah keine Möglichkeit, diesen zu durchbrechen.

Also half nur „Augen zu und durch" – oder in meinem Fall: rauf auf die Autobahn und schön hinter den Lkws her – nur nicht zu weit vom Pannenstreifen entfernen und bloß nicht zu schnell werden, um im Notfall einen Hechtsprung aus dem brennenden, explodierenden und auseinanderbrechenden Fahrzeug machen zu können.

All diese Gedanken führten dazu, dass mein Blasenproblem langsam drängend wurde, und so blieb mir nichts anderes übrig, als den nächsten Autobahnparkplatz anzusteuern.

„Na klasse!", entfuhr es mir, als ich den Bauzaun bemerkte, der um das WC-Häuschen herum aufgestellt war. „Und jetzt?"

Die Frage ging an meine Blase, die gleich noch eine Spur drängender gegen die Außerbetriebnahme der Toilette demonstrierte. Zum Glück – oder doch eher zu meinem Pech – hatten die Bauarbeiter zwei mobile Toilettenhäuschen aufgestellt.

Es gab nur wenige Grundsätze in meinem Leben, aber

einer davon war: Niemals in einem Dixi-Klo pinkeln!

Der Grundsatz entsprang meiner Panik, jemand könnte versehentlich so eine Toilette umstoßen, während ich mich darin befand – etwas, das ganz sicher ständig passierte! Dixi-Klos schienen speziell für diese Art von Katastrophe gebaut!

Die Klohütte würde dann im schlechtesten Fall auf der Tür landen, und während ich vergeblich versuchen würde, mich zu befreien, würde die Toilettenflüssigkeit meine Glieder wegätzen.

Das stellte ich mir nun nicht gerade so toll vor.

Deshalb fuhr ich zögernd in eine Parklücke und suchte die Büsche ab. Aber auch das war übel. Ein vollbärtiger Fernfahrer kam gerade mit einer Rolle Klopapier unterm Arm hinter dem Stamm einer Eiche hervor. Ein Fetzen davon klebte ihm am Schuh, und er nestelte gedankenverloren an seinem Hosenstall herum. Als er den Kopf hob, trafen sich unsere Blicke. Er zwinkerte.

Schnell drückte ich den Knopf an meiner Fahrertür herunter.

Shit! Die ISS für einen Spaziergang im All zu verlassen, war vermutlich risikoloser, als hier auszusteigen, um in die Büsche zu pinkeln.

Wieder wanderte mein Blick zu den Dixis.

„So ein elender Mist!“, fluchte ich und sah auf die Uhr. Mir lief die Zeit davon. Wenn ich nicht zu spät zum Vorstellungsgespräch kommen wollte, musste ich jetzt pinkeln und dann schleunigst weiterfahren!

Entschlossen entriegelte ich die Tür und stieg aus. Mein Look war schräg, das wusste ich selbst, aber ich suchte hier ja auch keinen Ehemann – auch wenn der *Papier-am-Schuh-Typ* mir interessiert nachblickte.

Der typische Chemietoilettengestank traf mich, noch ehe ich die windschiefe Tür überhaupt geöffnet hatte. Denn das war schon gar nicht so leicht.

Nur nichts berühren, lautete meine Devise. Mit der Schuhspitze versuchte ich, unter die Tür zu kommen, um sie aufzuziehen. Dann verpasste ich ihr einen Tritt und spähte zaghaft in den Innenraum, ehe die Tür wieder zuschlug. Schnell steckte ich noch mal meinen Fuß dazwischen.

Igitt! Papier am Boden, undefinierbare Flüssigkeit auf der Kunststoffklobrille und ein Gestank wie in einem Güllefass – überlagert von der süßlichen Schwere der Zersetzungsflüssigkeit. Es kostete mich größte Überwindung, da hineinzusteigen. Richtig schlimm wurde es aber erst, als die Tür hinter mir zufiel und ich allein mit einer dicken Schmeißfliege war. Wo die wohl schon überall gesessen hatte? Sie war ein fliegender Kontaminierungsprofi! Ich musste verhindern, dass dieser Brummer mich berührte! Mit spitzen Fingern verriegelte ich die Tür und kämpfte mit meinen Klamotten.

Bauchweghosen werden zum Feind, wenn man in der Enge eines Dixi-Klos versucht, seinen Po wiederzufinden. Aber als ich das endlich geschafft hatte und mit zitternden Knien (ja, ich sollte wieder etwas mehr Sport machen, dann wäre das alles nicht so schlimm) über dem Toilettenloch hing, war sich mein Urin plötzlich zu gut, um auf dem Haufen meines Vorgängers zu enden. Meine Blase machte eins auf schüchtern, und ich brachte nicht einen Tropfen heraus.

Warum???

Lag es an der stümperhaften Zeichnung eines erigierten Penis an der Tür? Oder der Telefonnummer, die geilen Oralsex versprach und die mit etwas auf die Spiegelfolie geschmiert war, das aussah wie Blut. Vielleicht lag es aber auch daran, dass dort, wo sich eigentlich die Klopapierrolle befinden sollte, nur ein gelbes Post-it klebte mit der Bemerkung: „Marco Reuss war hier." Was sollte mir das jetzt sagen?

Nicht, dass ich was gegen den Fußballer hatte, aber was zur Hölle sollte er mit dem Klopapier aus einem Dixi wollen? Den Bayern eins auswischen? Das würde ja nur was bringen, wenn Thomas Müller hier auch sein Geschäft würde erledigen wollen – und das bezweifelte ich doch stark.

Ich gab den Pinkelversuch also auf, zwängte mich zurück in die Strumpfhose und öffnete mit genauso spitzen Fingern und einem Fußtritt wieder die Tür. Schnell, ehe das Häuschen doch noch umstürzte, sprang ich ins Freie, nur, um mich dann einem Reisebus gegenüberzusehen, der bis zum Bersten mit dunkel gekleideten Arabern gefüllt war.

Ohne Vorurteile zu haben, kann ich sagen, dass allesamt aussahen wie der *Stock-zwei-Al Qaida* bei mir aus der Wohnung. Ob da ein Familienfest angesagt war? Und ob jeder von denen seinen eigenen Sprengstoffgürtel hatte – oder ob es da womöglich zu Streitereien kommen konnte?

Weiter hinten auf dem Parkplatz lungerten mehrere

finster dreinblickende Kerle (vermutlich Osteuropäer) herum – sicher die skrupellosen Handlanger eines Menschenhändlerrings!

Ehe ich die Aufmerksamkeit dieser Kerle erregte, hastete ich zurück in mein Auto und war heilfroh, als ich mich unter dem Hupen des nachfolgenden Lastwagens wieder auf der Autobahn einreihte.

Juhu, ich war noch am Leben – und musste wirklich dringend pinkeln!

Kapitel 4

Das Universum hatte sich gegen mich verschworen! So kam es mir zumindest vor, als ich das „Außer Betrieb“-Schild an der Aufzugtür kleben sah. Das musste doch wohl ein Witz sein! Sollte ich etwa mit diesen Schuhen (ich hatte ja meine Autofahrtreter gegen die Mörderpumps getauscht) die Treppe bis in den fünften Stock nehmen?

Ich überlegte noch, ob ich irgendwie an einen Helikopter kommen könnte, der mich auf dem Dach absetzen würde, als zwei junge Frauen in schicken Businessoutfits und mit Bewerbungsmappen unter dem Arm durch die Metalltür ins Treppenhaus verschwanden.

Shit! Wenn diese beiden Barbies meine Konkurrentinnen waren, dann war mein Rock definitiv zu lang, mein Busen zu unscheinbar und meine goldene Lockenmähne nicht annähernd blond genug! Um gegen diese beiden nicht auch noch durch Unpünktlichkeit an Boden zu verlieren, folgte ich ihnen schnell die Treppe hinauf.

Na gut, schnell war ich nur bis zum ersten Stock. Danach versuchte ich, durch eine angemessene Geschwindigkeit übermäßiges Transpirieren und einen Kreislaufkollaps zu vermeiden. Trotzdem schnaufte ich wie eine Dampflok, als ich endlich in der Kanzlei ankam.

Der Wartebereich war bis zum Bersten mit Heidis Topmodels gefüllt, die sich jeweils über ein Klemmbrett mit Fragebogen beugten. Alle Stühle waren besetzt.

„Bitte, das hier ausfüllen und zum Gespräch mitnehmen“, erklärte mir eine grauhaarige Angestellte, die große Ähnlichkeit mit meiner ehemaligen Grundschullehrerin hatte. Sofort fühlte ich mich wie bei meinem ersten Referat, bei dem ich vor lauter Angst den Mund nicht aufbekommen hatte. So unauffällig wie möglich quetschte ich mich samt Klemmbrett in eine Ecke und suchte in meiner Handtasche nach einem Stift.

„Verdammt!“, murmelte ich und sah mich Hilfe suchend um. Sicher würde mir hier irgendwer …

„Vergiss es!“, gab mir eine der Barbies zurück und raffte ihren Stift an sich. „Hier kommen nur die Besten weiter. Und die Besten … sind vorbereitet!“ Sie hob ihre Nase so, als wäre ich ein bemitleidenswertes Insekt, das noch von Glück reden konnte, wenn sie es zertreten würde.

Ein Blick in die Runde zeigte mir, dass auch die anderen Tussis in keinster Weise den Wunsch verspürten, eine weitere Anwärterin auf den offenbar wirklich sehr begehrten Job zu unterstützen.

Alle kritzelten eifrig ihre Bögen voll, also warf ich auch mal ein Auge auf die Fragen.

Das war ein Fehler, denn mir wurde klar, dass meine hervorragende Qualifikation für jede Art von Job mich ausgerechnet hier total im Stich ließ. Ich hatte keine Ahnung, was die überhaupt von mir wollten. Allen anderen Bewerberinnen schien das hingegen vollkommen klar. Eine kleine Brünette holte sich sogar gerade am Empfang ein weiteres Blatt für ihre Ausführungen.

Das war so frustrierend, dass meine Blase sich erneut meldete, um ihre Solidarität zu bekunden. Ich ließ das Klemmbrett sinken und sah mich um. Dort, am anderen Ende des voll gequetschten Flures, stand auf einer Tür „WC“. Ich würde Stunden brauchen, um mich durch diesen Dschungel an Endlos-Beinen und kurzen Röcken zu schlagen, aber solange mir das Pipi bis zur Schädeldecke stand, konnte ich mich nicht auf den bescheuerten Fragebogen konzentrieren. Das stand fest.

Ich packte also die Ellenbogen aus und schob mich, immer wieder ein dezentes „Entschuldigung“ murmelnd, Stück für Stück vorwärts.

„Pass doch auf!“, maulte eine und hieb mir ihr Klemmbrett in die Rippen – was gar nicht so schlecht war, denn jetzt wusste ich immerhin, dass die Antwort auf die erste Frage „Rechtskostenbeihilfe“ war. Vielleicht sollte ich es darauf anlegen und mich später beim Rückweg noch mal bei ihr vorbeiquetschen, um auch noch die Antwort auf Frage Nummer zwei herauszufinden …

Als ich endlich die Toilette erreicht hatte, pochten meine Füße in den hohen Schuhen, und ich war erleichtert, mich (nachdem ich die Klobrille mit Toilettenpapier ausgelegt hatte) endlich setzen zu können. Vom langen Stehen war mir jeder Tropfen Blut in die Zehen gelaufen und hatte diese aufs Dreifache ihrer normalen Größe anschwellen lassen. Es sah aus, als würde eine Kartoffel durch meine Peeptoes wachsen wollen. Ich wackelte mit den Füßen, um den Blutfluss anzuregen, was auch meine Blase entspannte, und mein Körper endlich seinen Urinhaushalt regulierte. Das dauerte, und ich hatte genügend Zeit, den Fragebogen noch einmal eingehend zu studieren.

Die erste Frage war erledigt, und auch die nächste Frage war lösbar, aber dann …

Noch beim Händewaschen wartete ich darauf, dass mir ein Urteil des Oberlandesgerichts einfiel, welches das Sorgerecht von Vätern betraf. Das war doch absurd! Warum sollte ich so was auswendig wissen? Ich konnte schließlich Google bedienen!

Ich legte den Bogen neben das Waschbecken und strich mir die Haare zurecht, als aus einer weiteren Toilettenkabine ein Mann herauskam.

„Huch?“, entfuhr es mir, und ich sah mich rasch um. War ich etwa im Männerklo gelandet? „Entschuldigung, ich dachte, das wäre das Frauenklo“, verteidigte ich mich, aber der langhaarige Späthippie mit ausgefranster Jeans und blauem Levis-Shirt hob beschwichtigend die Hand.

„Kein Problem – das ist eine Unisex-Toilette“, erklärte er, und seine Worte kamen so gedehnt wie eine Ballerina beim Spagat.

„Ach so … Unisex“, murmelte ich, leicht abgelenkt von der rot gemusterten Bandana im Axel-Rose-Style, die ihm über die Stirn lief und unter seinen gut schulterlangen, leicht angegrauten Haaren verschwand. „Hatten die ja bei Ally Mc Beal auch“, erinnerte ich mich und fragte mich sogleich, ob ein Typ wie der die Serie überhaupt kannte. Abgesehen davon, dass es absolut unwichtig war, welche Art von Toiletten diese TV-Sendung hatte. Manchmal wunderte ich mich echt, was in meinem Kopf los war.

„Zigarette?", fragte er unvermittelt und streckte mir eine blaue Schachtel entgegen, aus der er sich selbst eine nahm. Mit dem Filter zwischen den Lippen trat er an das winzige Fenster und öffnete es, ehe er sich die Fluppe ansteckte.

Ich riss erschrocken die Augen auf.

„Ich denke nicht, dass Rauchen hier erlaubt ist!", ermahnte ich ihn leise, damit mich niemand vor der Tür hörte.

„Sind Sie auch wegen der Stellenausschreibung hier?", fragte er, ohne meine Sorge zu teilen. Aber er hatte sich ja offenbar noch nicht von *Mister Januar* zum Thema Brandschutz belehren lassen müssen. Und es fehlte mir gerade noch, dass dieser Bob Marley für Anfänger jetzt den Feueralarm auslöste. Ich sah es direkt vor mir, wie ich, völlig durchnässt von der Sprinkleranlage, mein Bewerbungsgespräch führen musste. Das war schließlich ein seriöser Schuppen – und kein Wet-T-Shirt-Contest.

„Sie sollten echt die Kippe ausmachen – oder wollen Sie Ihr Bewerbungsgespräch etwa mit Zigarettenatem führen?", fragte ich ihn besorgt, wobei ich mir beim besten Willen nicht vorstellen konnte, dass der Kerl überhaupt eine Chance hatte, sich gegen die Barbies durchzusetzen. Vielleicht hatten wir beide da sogar etwas gemeinsam.

Er nickte besonnen und drückte die Kippe am Fensterbrett aus, ehe er sie in den Toiletteneimer warf.

„Sie haben sicher recht", gab er zu und reichte mir mein Klemmbrett. Frustriert bemerkte ich, dass sich der Fragebogen an der Ecke mit Wasser vollgesaugt hatte und wirklich nicht mehr vorzeigbar aussah.

Der Hippie zwinkerte verschwörerisch. „Sind Sie immer so spießig? Sie sollten das nicht so eng nehmen. Ist doch nur ein Job", erklärte er leichthin und gab mir damit das Gefühl, eine versnobte Wichtigtuerin zu sein.

Ha! Ich und spießig! Der hatte ja keine Ahnung!

„Ich bin überhaupt nicht spießig!", rechtfertigte ich mich im Brustton der Überzeugung. „Und hätten Sie mir anstatt der Zigarette einen Joint angeboten, hätte ich sicher nicht Nein gesagt!", log ich, um cooler zu wirken. „Sie kennen mich ja nicht, aber ich … ich bin eher ein *böses* Mädchen!"

So! Komm damit erst mal klar, du Späthippie! Glaubte der Kerl echt, er könnte mich hier schräg von der Seite anmachen? Aber dem hatte ich es gezeigt. Als ich mich mit wehendem Haar und dem Klemmbrett unterm Arm zur Tür umwandte, sah ich im Spiegel, wie er mir überrascht nachblickte. Ha! Ich war stolz auf mich. Vor der Tür drückte ich die Brust raus, griff mir vom Empfangstresen frech einen Kuli und wollte meine neu gewonnene Energie direkt in die Antworten auf dem Fragebogen fließen lassen, als der Hippie aus der Toilette und plötzliche Unruhe in die Weiber um mich herum kam.

„Herr Klett, guten Tag!", „Hallo, Herr Klett!" und „Wie schön, Sie zu sehen, Herr Klett!", drängten sie sich näher in seine Richtung und reckten ihm höflich die

Hand entgegen. Er schüttelte diese artig und neigte den Kopf zum Gruß, aber als er aufsah, grinste er breit zu mir herüber.

Shit!

Das war also Herr Klett! Der Herr Klett, dessen Name auf dem goldenen Schild überm Eingang prangte. Der Herr Klett, der mich zum Vorstellungsgespräch geladen hatte – und der mich nun für eine Kifferin hielt. Für eine *böse* Kifferin!

Ich schloss die Augen und atmete tief ein. Jawoll! Da war er wieder, der Fluch, der mein ganzes Leben lang an mir haftete. Der Fluch der Fettnäpfchen!

Ich hatte die Scheiße doch echt gepachtet!

Als ich wieder aufsah, verschwand der Klett-Hippie mit einer der Jobanwärterinnen in seinem Büro. Ich hatte es verbockt! Mal wieder!

Ich wusste nicht, was schlimmer war: das Wissen, dass eher die Hölle zufrieren würde, als dass ich diesen Job bekäme – oder dass ich mich umsonst auf High Heels die tausend Stufen hinaufgequält hatte. Ganz abgesehen davon, dass ich auf dem Weg hierher auf der Autobahn mein Leben riskiert hatte, beinahe in einer Chemietoilette aufgelöst worden wäre und nur knapp einer osteuropäischen Schlepperbande entkommen war, die mich, ohne zu zögern, zur Prostitution gezwungen hätte!

Ich ließ das Klemmbrett sinken, und die karrieregeile Bohnenstange rechts neben mir grinste schadenfroh.

„Fick dich!“, flüsterte ich frustriert und schlich rückwärts aus der Kanzlei.

Das war der Flop des Jahrhunderts!

Jetzt blieb mir kaum etwas anderes übrig, als spärlich bekleidet das Loft dieses Perversen zu putzen – oder mich auf Harald einzulassen!

Und obwohl ich schon immer gegen meine Pfunde gekämpft hatte, waren mir meine Schultern noch nie so schwer vorgekommen wie bei meinem jämmerlichen Abstieg im Treppenhaus – die Pumps in der einen und den kryptischen Fragebogen in der anderen Hand.

Als ich eine gefühlte Ewigkeit später endlich das Auto unter der Ulme parkte, war ich wirklich suizidgefährdet. Ich ärgerte mich, die Büroklammerkette nicht mit nach Hause genommen zu haben! Ich brauchte Schokodrops oder Kartoffelchips – im Idealfall beides, um meinen enormen Frust abzubauen. Also ging ich trotz kurzen Rocks und Autofahr-Sneakers gar nicht erst in die Wohnung, wo ich vermutlich in Selbstmitleid versunken wäre, sondern schwang mich auf mein Fahrrad und brauste zum Supermarkt.

Schoko-Noteinkauf.

Tatsächlich ging es mir gleich etwas besser, als ich mit dem Mund voll Gummibärchen und einer ganzen Ladung Schokodrops auf dem Gepäckträger das Rad wieder den Berg hinauf schob. Ich tat heute nicht mal so, als könnte ich den Berg fahrend bezwingen, denn in dem Rock, der mir die Luft nahm und der bei jeder Bewegung unweigerlich weiter nach oben rutschte, schien mir das ohnehin aussichtslos. Und noch eine Niederlage konnte ich heute echt nicht verkraften. Ich angelte mir noch einen roten Bären aus der Tüte, als ich hinter mir schnelle Schritte hörte.

„Hallo, Anna!“

Ich drehte mich um und würgte die Gummibären unzerkaut hinunter. Mir meines Outfits bewusst, fragte ich mich nur kurz, was mein Gegenüber wohl inzwischen von mir halten musste.

„Hi!“, presste ich hustend hervor und blieb stehen, um auf Doktor Koch zu warten, der eilig zu mir aufschloss. Er sah (im Gegensatz zu mir) super aus in seiner weißen Leinenhose und dem marineblauen Polohemd. Fast, als käme er direkt von seiner Yacht. Ich war sogar versucht, vor ihm zu salutieren …

„Wie schön, Sie zu treffen, Anna.“ Sein Blick glitt über meine Bluse, den engen kurzen Rock, bis hinunter zu den Turnschuhen. Er grinste. „Ich hatte eigentlich erwartet, Ihre Pussy schon viel früher wiederzusehen.“

Wie immer, wenn er das Wort Pussy sagte, wurde mir ganz heiß. Er hatte da so eine ganz spezielle Betonung … eine wirklich verführerische Betonung, die mich dazu brachte, mich zu fragen, warum zum Teufel ich ihm meine Pussy eigentlich nicht einfach mal zeigte?

Na gut, Marc hätte da sicher Einwände, aber zumindest stand Gideon Koch ganz oben auf der Liste der Männer, mit denen ich aus Rache sofort schlafen würde, sollte Marc es jemals wagen, mit mir Schluss zu machen.

„Nun? Was treibt Ihr Kätzchen so? Hat sich die Pfote gut erholt?“, hakte Koch nach, da ich ihn immer noch nur mit offenem Mund anstarrte. LECHZ, dieser Kerl war echt lecker!

Um wegen ihm nicht zu sabbern, schob ich mir schlichtweg noch ein Gummibärchen in den Mund und bot ihm großzügig auch eines an.

„Och …“, gab ich kauend zurück. „Pussys Pfote ist wieder gut. War wohl doch nicht so schlimm, wie es zuerst aussah. Sie ist jedenfalls im Moment mein kleinstes Problem.“ Nur kurz fragte ich mich, warum ich mich so offen äußerte, wo ich den Tierarzt doch kaum kannte.

Zum Glück schien er sich darüber nicht zu wundern. Das lag vermutlich daran, dass er noch versuchte, sich einen Reim auf mein seltsames Outfit zu machen. Und es wäre ja echt blöd gewesen, hätte er mich für so ne Psychotante gehalten, die jedem, der es NICHT hören wollte, ihre Problemchen aufschwatzte. Aber so war ich ja nun wirklich nicht veranlagt.

„Was haben Sie denn für ein Problem?“, fragte Koch, auch wenn ich annahm, dass es nur eine höfliche Floskel war. „Wenn ich irgendwie behilflich sein kann …?“

„Ach, nein, danke!“, wehrte ich ab und lächelte ihn dankbar an. „Da können Sie leider auch nichts machen. Ich bin auf Jobsuche und hatte heute ein … nennen wir es … verkorkstes Vorstellungsgespräch.“ Er warf mir einen bedauernden Blick zu, den ich sofort zu entkräften versuchte. „Aber so schlimm ist das auch wieder nicht, ich hätte eh jeden Tag so weit fahren müssen …“

Hey, das stimmte sogar. Vielleicht musste ich mich

doch nicht gleich umbringen, weil es mit der Kanzlei Klett nicht geklappt hatte. So wirklich toll wäre die tägliche Fahrt dorthin sowieso nicht gewesen. Und ein Anwalt, der Bandanas trug, passte eh nicht in mein Weltbild. Dumm war nur, dass ich nach meinem kläglichen Versuch, vor diesem Späthippie cool zu wirken, nun bestimmt ins Fadenkreuz verdeckter Drogenermittler rückte. Vermutlich hatte Klett längst Anzeige gegen die Kiffer-Bewerberin gestellt …

„Sie sind heute sehr abwesend, liebe Anna", stellte Koch fest und klang beinahe etwas enttäuscht. „Vielleicht könnte ich Sie ja aufmuntern, indem ich Ihnen einen Vorschlag mache? Denn, wie es der Zufall will, bin ich auf der Suche nach einer zuverlässigen und besonders vertrauenswürdigen Mitarbeiterin für meine Buchhaltung."

Was?

Ich blieb stehen. Das war doch wohl ein Scherz? Sollte mein Karma sich wirklich so schnell erholen?

„Wie bitte?", hakte ich ungläubig nach. „Bieten Sie mir gerade einen Job an?"

Koch lächelte und zuckte mit den Schultern. Er sah dabei wirklich unverschämt gut aus.

„Ja, mir ist so, als hätte ich das getan. Es scheint, als bräuchten Sie einen", erklärte er ganz beiläufig.

„Ach so … na klar, Sie geben mir einen Job, weil ich einen brauche … Wenn das so ist, bräuchte ich übrigens auch ein neues Auto", scherzte ich, denn das konnte unmöglich Kochs Ernst sein.

„Welche Farbe?", fragte er lachend, und ich riss

überrascht die Augen auf.

„Was?“

„Das Auto – welche Farbe soll es haben?“ Seine Augen funkelten amüsiert.

„Das ist ein Witz, oder? Sie schenken mir kein Auto, oder?“

Er lachte und nahm mir das Fahrrad ab. Gemächlich schob er weiter und warf mir nur über die Schulter einen Blick zu.

„Nein, das nicht, aber den Job können Sie haben. Vorausgesetzt, Sie haben schon mal an einem Computer gesessen. Meine letzte Mitarbeiterin ist von einem auf den anderen Tag spurlos verschwunden. Ich brauche dringend Ersatz.“

Ich konnte es nicht fassen! Er meinte es wirklich ernst! Eilig schloss ich zu ihm auf und sah ihn aufmerksam an. Wenn diese Schnitte mein neuer Chef wäre, wäre mein Leben echt der Hammer! Ich hätte mit Marc einen supersexy Freund, der gerade seine dominante Ader entdeckte, und einen Chef, um den mich all diese Model-Weiber aus der Kanzlei beneiden würden.

„Haben Sie Interesse, Anna?“, hakte er nach, weil ich ihm schon wieder keine Antwort gegeben hatte. Ich sollte mich echt zusammenreißen, ehe er mich noch vor meinem ersten Arbeitstag wieder feuern würde!

„Na sicher! Klar! Das ist wirklich toll, Doktor Koch. Ich weiß gar nicht, was ich sagen soll!“, versicherte ich ihm strahlend.

„Gideon. Bitte, nennen Sie mich doch Gideon. Schließlich werden Sie bald alle meine Geheimnisse kennen."

Ich lachte über seinen Scherz, und der verführerische Klang seiner Stimme ließ meinen Uterus ihn als potentiellen Vater meiner Kinder in Betracht ziehen. Das war natürlich verrückt, denn ich liebte Marc!

Trotzdem malte ich mir insgeheim aus, wie die gemeinsamen Kinder von Gideon und mir wohl aussähen …

„Wann kann ich denn anfangen?", fragte ich und freute mich schon, Marc von den unerwarteten Neuigkeiten zu berichten.

Koch überlegte. Er rieb sich den Vollbart, der seine herb-männlichen Gesichtszüge so hervorragend betonte.

„Wissen Sie, ich gebe am Wochenende eine kleine Party bei mir zu Hause. Kommen Sie doch auch, dann stoßen wir auf Ihren neuen Posten an und unterzeichnen in meinem Büro die Verträge. Wie klingt das?"

Wie das klang? Unwirklich! Aber es passte irgendwie ganz gut zu den Fantasien meines neuen, aufregenden und sexy Lebens. Ich würde also meinen Anstellungsvertrag mit Schampus in einer waschechten Villa unterzeichnen.

„Toll!", presste ich also heraus und überlegte fieberhaft, ob mein ausgeschlachtetes Bankkonto es zulassen würde, dass ich mir ein Paillettenkleid kaufte. Das schien mir doch dem Anlass angemessen.

Wir hatten die Kreuzung erreicht, an der Kochs blassgelbe Villa in der parkähnlichen Gartenanlage thronte. Ein dunkler Audi mit schwarz getönten Scheiben fuhr langsam an uns vorbei und rollte weiter oben am

Hang in eine Parklücke. Ich überlegte kurz, ob ich mir dank des neuen Jobs vielleicht auch bald ein neues Auto würde leisten können. Übers Geld hatten wir ja noch gar nicht gesprochen, aber ich brachte es nicht fertig, so ein nüchternes Thema jetzt anzusprechen. Sicher würden wir das auf der Party klären. Wichtig war jetzt nur, dass ich mich nicht wegen Harald mit der Büroklammerkette an der Schreibtischlampe erhängen musste.

Koch reichte mir die Hand, und seine braunen Augen ruhten zufrieden auf meinem Gesicht. Sein Daumen streichelte meinen Handrücken.

„Prima, dann sehen wir uns am Samstagabend. Bis dann, Anna."

Er überquerte die Straße und tippte einen Zahlencode in den Toröffner seiner Einfahrt ein, ehe er mir noch einmal zuwinkte und hinter den hohen Mauern verschwand.

Kapitel 5

„Ich weiß ja nicht, Anna“, überlegte Marc, setzte sich zu mir und Pussy auf die Couch und reichte mir ein Bier. „Typen, die einen auf der Straße anquatschen und einem nen Job versprechen, kommen mir ehrlich gesagt etwas suspekt vor.“

Wie er das so sagte, klang es tatsächlich etwas merkwürdig, aber ich würde mir heute unter keinen Umständen von seinen Zweifeln meine gute Laune kaputtmachen lassen.

„Gideon ist wirklich nett“, versicherte ich ihm deshalb.

„Gideon? Seid ihr etwa schon per Du? Na, das ging ja schnell!“

Hörte ich da Eifersucht?

„Unsinn! Er hat mich schon an Weihnachten gebeten, ihn beim Vornamen zu nennen – du weißt doch, als ich mit Pussy dort war.“

Marc hob seine Spottbraue.

„Ach soooo! Na, dann ist ja alles in Ordnung! Wenn er dich also schon bei eurem ersten Treffen angemacht hat, dann muss ich mir ja *jetzt* keine Sorgen mehr machen“, ätzte er.

Ich vermied es, ihm zu sagen, dass das an Weihnachten genau genommen schon unser zweites Treffen gewesen war. Für solche Einzelheiten schien Marc gerade nicht sonderlich empfänglich. Er machte ein recht sauertöpfisches Gesicht.

Ich rückte näher an ihn heran und kuschelte mich an.

„Jetzt spinn doch nicht rum! Freu dich doch, dass ich nicht mehr zu Harald in die Kanzlei muss. Ich hätte echt gedacht, du freust dich, dass ich nicht mehr mit ihm zusammenarbeiten will – schließlich hatten wir ja mal was miteinander“, versuchte ich, ihm meine Entscheidung anzupreisen.

Doch Marc lachte nur spöttisch.

„Ihr hattet nichts miteinander, Anna!“, klärte er mich auf. „Du hast dich selbst mit dem Pfannenwender misshandelt, während dein Fotzen-Harald sich am Telefon einen runterge…“

„Idiot!“, unterbrach ich ihn wütend. „Er ist nicht *mein* Harald! Und außerdem geht dich das überhaupt nichts an!“

„Stimmt, Annalein. Was damals war, geht mich nichts an. Aber was da mit dir und dem stinkreichen Tierarzt läuft, geht mich schon was an. Wir sind jetzt ein Paar – schon vergessen?“ Er hob Pussy hoch und stapfte wütend in die Küche.

„Bist du etwa eifersüchtig, Marc?“, fragte ich ungläubig und folgte ihm.

Er gab Futter in Pussys Napf und füllte frisches Wasser auf, ehe er sich wieder zu mir umdrehte.

„Ist das so abwegig?“, fragte er diesmal weniger schroff. „Ich liebe dich, und bei all den Dummheiten, die du ständig so ausheckst, weiß ich doch nie, was du als Nächstes treibst.“

Ich grinste. Das war ja zu süß! Ich fühlte mich wie Cinderella! Wer hätte gedacht, dass ausgerechnet der Weiberheld Marc mal an mir hängen würde?

„Das ist nicht lustig!", warnte er mich und kam näher.

„Ist es doch! Als diese Catness hier ständig um dich herumgeschwänzelt ist, da sollte ich doch auch Vertrauen in dich haben! Also vertrau du jetzt auch mal zur Abwechslung mir."

Marc schlang seine Arme um mich und zog mich kopfschüttelnd an sich.

„Oh, Annalein … du hast ja keine Ahnung, was du da von mir verlangst! Wann immer ich dich einfach machen lasse, passiert etwas Schlimmes!"

„Wann ist denn jemals etwas *Schlimmes* passiert?"

Marc lachte so laut, dass Pussy scheppernd über ihren Napf floh und dabei in der ganzen Küche Pfotenabdrücke mit Futter hinterließ.

„Das fragst du jetzt nicht wirklich, Anna, oder?" Er hob mich hoch und trug mich zurück auf die Couch. „Erinnere dich doch bitte an mein Bein? Oder an meine Mega-Erektion zu Weihnachten!"

Jetzt musste auch ich lachen. Ja, Weihnachten … war wirklich unvergesslich gewesen! Allerdings sah ich daran nichts „Schreckliches". Ganz im Gegenteil …

Aber ehe meine Gedanken in diese Richtung drifteten, wollte ich doch erst noch Marcs Zustimmung für meinen neuen Job.

„Ich verspreche dir, Marc, wenn du in dieser Jobsache hinter mir stehst, dann …" Ich biss mir auf die Lippe und schielte zur Knopfleiste seiner Jeans. „… dann mach ich das alles wieder gut. Und ich werde weder dich noch mich in Schwierigkeiten bringen – versprochen!“

„Versprich besser nichts, das du nicht halten kannst“, warnte er mich und deutete auf die Ledergerte mit den Federn. „Sonst muss ich dich wirklich mal bestrafen.“

Ich kicherte und überlegte ernsthaft, was ich so auf die Schnelle mal anstellen könnte, um vielleicht das Glück zu haben, noch heute eine Bestrafung abzugreifen. Vielleicht … hmmm … vielleicht sollte ich Marc mal wieder mit Shampoo attackieren? Und damit seine Sehfähigkeit erneut aufs Spiel setzen? Lieber nicht. Oder … oder ihn zum Tanz auffordern …? Besser nicht.

Mist, immer wenn ich mal spontan eine blöde Idee brauchte, war keine zur Stelle!

Marc grinste verführerisch, reckte sich über den Tisch und griff nach der Gerte.

„Vielleicht …“, überlegte er laut. „… vielleicht sollte ich dir zeigen, wovon ich spreche?“ Er nahm die Gerte zwischen die Zähne und öffnete meine Hose.

Ich quiekte, als er mich in den Po zwickte, und wand mich, damit er mich schneller aus meinen vollkommen überbewerteten Klamotten befreite.

„Das solltest du unbedingt machen, Marc“, ermutigte ich ihn und schob ihm die Jeans über die Hüften. Meine Haut kribbelte vor Vorfreude, und auch Pussy verfolgte mit Jagdfieber in den Augen jede Bewegung der Federgerte.

Das beunruhigte mich. Da sie meinen Riesendildo regelrecht entmannt und die Schlüssel meiner Handschellen gefressen hatte, traute ich ihr in Bezug auf

Sextoys so ziemlich alles zu. Vermutlich würde sie mehr Spaß in Christian Greys Spielzimmer haben als Marc und ich zusammen.

„Was ist? Du wirkst so angespannt?“, bemerkte Marc und setzte sich auf.

„Unsinn?“, versuchte ich, ihn zu beruhigen und ihn wieder auf mich zu ziehen.

Wäre ja noch schöner, wenn Pussy jetzt auch noch meinen Coitus interrupten würde!

„Es ist nur wegen Pussy. Sie … sie sieht so aus, als würde sie sich gleich auf uns stürzen und mitmischen wollen“, gab ich zu bedenken.

Marc lachte und stemmte sich von der Couch hoch. Seine Jeans stand offen und hing ihm tief auf den Hüften. Der Bund seiner Shorts spitzte heraus. Er sah so sexy aus. Ich musste mir auf die Lippe beißen, um mir zu beweisen, dass ich nicht träumte. Lässig strich er sich die halblangen Haare aus der Stirn und zwinkerte mir zu.

„Nicht, dass ich was gegen nen Dreier hätte, Annalein, aber wenn, dann sicher nicht mit so einer haarigen Pussy, die auch noch solche Krallen hat.“

Er bückte sich und hob das Kätzchen hoch.

„Was hast du vor?“, fragte ich, als er mit ihr in die Küche verschwand. Er würde doch nicht den Topf …???

„Ich hab ihr doch neulich dieses Futterspielzeug gekauft. Damit kann sie sich doch stundenlang beschäftigen“, erinnerte er mich daran, dass er fast so viel Geld in Spielzeug für die Katze investierte wie ich in Sexspielzeug. Aber gut, solange beides unserem Liebesleben zuträglich war, wollte ich mich nicht beschweren.

Marc schloss die Tür hinter sich und kam grinsend zu mir zurück. Er wackelte mit den Hüften, und die Jeans sank zu Boden.

„Und jetzt zu dir“, raunte er und zückte die Gerte. „Sag mir noch mal, was dein Romanheld damit so alles anstellt. Ich bin sicher, ich kann das toppen.“

Davon war ich überzeugt. Zitternd vor Erregung ahnte ich beinahe, wie welterschütternd der Orgasmus sein würde, den ich gleich haben würde. Ganz München würde beben, sodass sogar das Bier im Hofbräuhaus überschäumen und sich wie eine weiße Riesenwelle über die Stadt ergießen würde.

Am nächsten Tag stand ich im schwarzen Paillettenkleid in dem Abendmodenladen. Schwarz war an sich nicht meine Farbe – meine Haut war zu käsig, denn egal, wie lange ich mich in der Sonne aufhielt, ich wurde nur rot und niemals braun. So sah das Kleid an mir auch nicht halb so gut aus wie an der Kleiderpuppe im Schaufenster. Und selbst wenn ich das schreckliche Licht in der Kabine und den Spiegel (der ganz sicher einer dieser *Dick-mach-Zerrspiegel* von der Kirmes war) zu meinen und des Kleides Gunsten berücksichtigte, überzeugte mich das Ergebnis nicht sonderlich. Mit eingezogenem Bauch und angehaltenem Atem drehte ich mich dann noch vor dem Spiegel vor der Kabine und fragte mich, welche Perspektive die Schlimmste war. Der Faultier-Look von der Seite oder der Frontale-Presswurst-Bühnenlook à la Mariah Carrey?

Auch die Verkäuferin bemerkte meine Skepsis und kam geschäftstüchtig näher.

„Kann ich helfen?"

Uhhh – sie sollte mich bloß nicht anfassen!

Schnell wich ich einen Schritt zurück und verschränkte die Arme vor der Brust. Das war ja wohl ein Signal!

„Nein, äh, danke. Ich glaube, das passt mir doch nicht so gut", wehrte ich ab und trat den Rückzug in die Kabine an.

„Soll ich nachsehen, ob wir es eine Nummer größer auch noch dahaben?", schlug sie hilfsbereit vor, was mir zeigte, dass sie meinen Presswurst-Eindruck teilte.

„Wir haben es, soweit ich weiß, bis zweiundvierzig."

Ich wurde rot. „Das ist schon zweiundvierzig", gab ich kleinlaut zu und strich mir über den eingequetschten Bauch. Irgendwann in den nächsten Minuten würde ich zur Lebenserhaltung auch wieder mal Luft holen müssen und dann vermutlich wie eine Maschinengewehrsalve alle Pailletten absprengen. Die Verkäuferin sollte also besser in Deckung anstatt mir auf die Nerven gehen.

„Ach so!" Sie nickte verständnisvoll. „Wir haben auch einen Änderungsservice. Wenn Sie möchten, können wir die Naht etwas rauslassen."

Was? Die Naht rauslassen? War es schon so weit gekommen? War ich echt schon ein Fall für ausgelassene

Nähte und Übergrößen? Der Schreck ließ mir die Knie zittern und den Schweiß ausbrechen. Es schien, als wollte mein Körper auf diese Aussage hin direkt einige Kalorien verbrennen, denn ich schnaufte, als wäre ich gerannt.

„Nein! Das ist nicht nötig!“, presste ich heraus und floh in die Kabine. Mit zitternden Fingern zerrte ich am Reißverschluss herum, bis ich endlich aus dem Kleid kam. Und als der glänzende Stoff wie eine Pfütze um meine Füße floss, fasste ich einen Entschluss. Dies war nicht die Güllelache meines Schokodrops-Junkie-Daseins! Dies war meine Chance auf einen Neuanfang.

So ganz am Rande blinkte die Frage auf, wie viele Neuanfänge ich in diesem Leben eigentlich noch brauchte, aber den Gedanken verbot ich mir. Die Hindus fingen schließlich auch ständig wieder von vorne an – und wurden, so ihr Gott wollte, bei jeder Reinkarnation besser! Ich würde also in Zukunft irgendwelche goldenen Kühe verehren und mich mit jedem Tag schlanker reinkarnieren … Hieß das so?

Entschlossen raffte ich das Kleid an mich und stapfte zur Kasse. Ich würde da bis Samstag reinpassen – komme, was da wolle! Amen! Oder was sagte man im Hinduismus? Mensch, ich musste mich da wirklich mal schlaumachen!

Kapitel 6

Der Schweiß lief mir den Rücken hinab, und mein Herz hämmerte im schnellen Beat der Musik aus den Lautsprechern. Der Personaltrainer Rainer gab sich große Mühe, mich fertigzumachen. Mit seinem schwarzen Schweißband an der Stirn, dem verbissen-militärischen Blick und seiner Camouflage-Radlerhose sah er aus wie Rambo für Arme. Seine Muskeln glänzten wie Schweineschwarte, und er warf sich ständig selbstverliebte Blicke in der Wandverspiegelung zu.

„Noch drei! Noch zwei! Noch eins! Uuuund anderes Bein!“, gab er an und verlagerte die masochistische Dehnübung auf seinen linken Oberschenkel.

Ich – und die anderen vier Mädels, die wir allesamt auf Kriegsfuß mit unserem BMI standen – kamen seinem Tempo kaum hinterher. Ich versuchte noch, mein rechtes, überstrapaziertes und vollkommen kraftloses Bein für die Übung gegen das linke auszutauschen, da zählte Rainer schon wieder irgend so einen Countdown runter, der wohl motivierend wirken sollte. Aber mich motivierte es nicht, wenn ich hörte, dass er vorhatte, mich diese verdammte Turnübung noch ganze neunzehn ... nein, achtzehn ... nein, immerhin nur noch siebzehn Mal wiederholen zu lassen.

„Los, Anna!“, schrie er mich an. „Gib alles, Baby! Gib’s

mir, ja, gib's mir!"

Oh echt! Ich könnte kotzen!

„You're good! You look fine! I'll make you so sexy, Baby!"

Halt die Klappe!, wollte ich schreien, aber meiner Kehle entwich nur ein leises Japsen. Warum tat ich mir das an? Warum quälte ich mich so? Was hatte dieses bescheuerte Paillettenkleid an sich, dass ich mich dafür derart verausgabte? Und mich noch dazu von so einem *Protein-Shake-Rambo* anfeuern ließ?

Vermutlich setzte bei mir die mit Muskelaufbau verbundene Hirnschmelze schon ein!

Dem Herztod nahe, brachte ich diese Runde zu Ende und taumelte dann benommen wie nach zehn Bier in die Damenumkleide. Das Handtuch, das ich mir um die Schultern gelegt hatte, zog mich beinahe zu Boden, so kraftlos fühlte ich mich. Ich fummelte zittrig den kleinen Schlüssel ins Spindschloss, um an mein Duschgel zu gelangen, aber als ich die Blechtür endlich offen hatte, sank ich vor Schwäche gegen den Kleiderbügel mit meiner Jacke – und kam nicht mehr heraus.

Es fühlte sich an, als würde ich in meiner Jacke ertrinken. Mein Arm stemmte sich vergeblich gegen die Rückwand des Spindes, aber meine Muskeln hatten sich wohl aufgelöst, und so krachte ich schließlich auf meine Sporttasche.

Na, wie geil! Ich lag kopfüber in meiner Wechselwäsche, und nur mein Hintern hing noch aus dem Schrank heraus.

Es gibt viele Arten, zu sterben, die ich als etwas

unästhetisch empfinde. Zerschellen zum Beispiel. Das war mir etwas zu Blut-Innereien-und-Hirnmatsch-lastig. Oder von einem Raubtier gefressen und wieder ausgeschieden zu werden. Das war auch echt nix für die Hinterbliebenen. Aber ganz knapp danach auf der Liste der unansehnlichen Todesarten stand seit genau diesem Moment, im Fitnesscenter kopfüber in seinem muffigen Spind zu kollabieren, während mir der etwas zu kleine Sport-BH die Möpse durch die Rippen an der Wirbelsäule vorbei bis auf den Rücken presste und mir der Schweiß zwischen den Arschbacken die Sporthose wie ein Kondensstreifen durchfeuchtete.

Entschlossen, meinen Eltern diese Schlagzeile in der Tageszeitung zu ersparen, strampelte ich wild mit den Füßen, um meinen Kreislauf anzuregen. Ich durfte unter keinen Umständen das Bewusstsein verlieren! Dann nahm ich meine ganze verbliebene Kraft (was wirklich nicht viel sein konnte) zusammen und stieß mich aus dem Spind.

Ich tribbelte rückwärts, bis ich die Holzbank der Umkleide in meinen Kniekehlen spürte. Atemlos ließ ich mich nieder und schnappte wie ein Fisch auf dem Trockenen nach Luft.

Puh! Das war knapp gewesen!

Am Abend stand ich ungläubig auf der Waage im

Badezimmer und starrte den roten Zeiger an. Das war doch wohl ein Witz! Ich hatte während der ganzen Woche härtester Schufterei ganze 400 Gramm – ZUGENOMMEN?!?

Wie war das möglich? Ich stieg von der Waage und entfernte meinen Nagellack von den Zehen. Es waren immerhin zwei Schichten! Dann stellte ich mich noch mal auf die Waage.

„Mist!“ Das hatte auch nichts gebracht! Augenbrauen zupfen versprach dann wohl ebenfalls wenig Erfolg!

Frustriert schlüpfte ich in meinen Bademantel und schlich aus dem Bad. Marc war im Büro, und Pussy schlief auf dem Sofa. Ich wollte sie nicht wecken – sie brauchte ihren Schlaf, schließlich war sie noch ein Baby! Zumindest, wenn sie schlief. Dann passierte es sogar, dass ich beinahe so was wie Muttergefühle entwickelte. Die kleine Zungenspitze, die sich immer aus ihrem Maul schob, wenn sie schlief, das kleine Schwänzchen, das zuckend ihre lebhaften Träume begleitete … einfach süß …

Aber wenn sie wach war, sah die Sache schon anders aus. Sie hasste mich zwar nicht mehr, aber ganz dicht war Pussy dennoch nicht. Ich schob das auf die schlimmen Erfahrungen, die sie in der Kanalisation hatte machen müssen. Vermutlich ein Post-Kanaler-Schock. Jedenfalls suchte ihre Zerstörungswut ihresgleichen, und ich hatte immer noch Angst, dieser im Schlaf zu erliegen. Und nachdem ich heute dem Tod ja schon einmal in letzter Sekunde von der Schippe gesprungen war, war von der Katze getötet zu werden das Letzte, worauf ich Lust hatte!

Jeder Muskel in meinem Körper sang vor Schmerzen eine Arie, als ich so leise wie möglich in mein Zimmer humpelte.

Mit bleischweren Gliedern presste ich mich in mein Bodyforming-Unterkleid, um zu sehen, ob auch nur der Hauch einer Chance bestand, morgen Abend so zur Party zu gehen. Ich kämpfte mit dem hautfarbenen Gewebe, und als ich den dichten Stoff vor dem Gesicht hatte, erinnerte ich mich an diesen Film: *Final Destination*! Was, wenn ich dem Tod zwar heute im Spind entkommen war, er mich aber jetzt mit der Shapewear doch noch holen würde? Zur Sicherheit holte ich tief Luft und überlegte fieberhaft, wo sich die nächste Schere befand, um mich im Notfall freischneiden zu können. Wobei eine Schere ja auch wieder dem Tod in die Hände spielen konnte …

Tatsächlich glich mein Versuch, dieses Unterkleid anzuziehen, einem Kampf auf Leben und Tod. Ich rang mit dem Stoff, versuchte, mich von dem Träger zu befreien, und wand mich, um Luft zu bekommen. Es war die reinste Folter.

Aber als das Teil schließlich saß, meine Kleidergröße von zweiundvierzig auf achtunddreißig und meine Körbchengröße von D auf ein pralles B minimierte, fühlte ich mich super. Das lag vermutlich am Sauerstoffmangel, denn auch meine Lunge hatte nun nur doch das Volumen einer Haselnuss, aber solange das nicht zulasten meines Teints ging, konnte ich wohl (zumindest kurze Zeit) damit leben. Erst wenn ich anfangen würde, blau anzulaufen, würde ich mir darum

Sorgen machen.

Am Ende ließ sich das Paillettenkleid problemlos schließen, und als ich mich vor dem Spiegel drehte, erinnerte nur meine Kehrseite noch etwas an mein ehemals pummeliges Ich. Es war wirklich erstaunlich, wie es einem Synthetik-Mischgewebe gelang, ganze Identitäten zu verändern! Bestimmt waren die Masken, die Tom Cruise in *Mission Impossible* getragen hatte, um seine Identität zu verändern, ebenfalls aus Shapewear gefertigt worden …

Vermutlich war sogar ganz Hollywood aus Bauchweghosen gemacht! Ich zögerte … Ganz Hollywood? Nein, Gweneth Paltrow war ganz sicher nicht aus Synthetik! Sie war zu einhundert Prozent vegan, aus reinstem O_2, H_2O und garantiert zuckerfrei! Sie war das *Gallien* von Synthetik-Hollywood! Und wenn ich erst das Unterkleid wieder ausgezogen haben würde, könnte ich glatt als Obelix durchgehen!

Ich kämpfte mit dem Reißverschluss, der sich zwar problemlos hatte schließen lassen, jetzt aber nicht mehr aufgehen wollte.

„Scheiße!“, fluchte ich und verrenkte mir fast den Rücken, bei dem Versuch, den Zipper zu fassen.

Kapitel 7

Aufgebrezelt wie Julia Roberts, die sich Richard Gere schnappen will, stöckelte ich die wenigen Meter von meiner Wohnung zu Kochs Villa. Marc hatte mich skeptisch beäugt, mir aber viel Spaß gewünscht. Vielleicht hätte ich ihn bitten sollen, mich zu begleiten, denn die vielen Sportwagen und Luxuskarren, welche den Gehweg entlang parkten, verunsicherten mich.

„Was hat Koch denn für stinkreiche Gäste?“, fragte ich mich, darum bemüht, das Gleichgewicht in den Schuhen zu halten – oder vielleicht überhaupt erst mal zu finden!

Das doppelflügelige, schmiedeeiserne Tor stand weit offen, und der Weg zum Haus hin war hell beleuchtet. Klassische Musik drang bis auf die Straße.

„Das ist echt ein verdammter Opernball!“, staunte ich, als ich durch die Eingangstür trat. Rechts von mir hatte sich ein ganzes Orchester aufgereiht und beschallte die piekfeinen Gäste. Attraktive Kellnerinnen gingen mit Schampusgläsern herum, ein einstudiertes Lächeln auf den Lippen.

„Reiß dich zusammen!“, versuchte ich, mir die Panik nicht anmerken zu lassen. Aber mal echt? Ich träumte doch, oder?

„Anna!“, kam mir Gideon Koch rettend entgegen und führte meine Finger formvollendet zu einem Handkuss an seine Lippen. „Wie schön, dass Sie da sind."

Er führte mich durch die Halle, vorbei an Promis, deren Namen mir zwar nicht einfallen wollten, die ich aber ganz sicher schon in einem Wartezimmer in der *Gala* oder der *Freizeit Revue* gesehen hatte. Spielte diese Tussi da nicht in irgendeiner Vorabendserie mit? Und der da war doch schon mal im Dschungelcamp, oder?

Da Gideon mich unbeirrt weiterführte, blieb mir keine Zeit, dem nachzugehen, aber ich war mir doch ziemlich sicher, diesen einen Typen da mal gesehen zu haben, wie er Kakerlaken und Krokodilhoden gegessen hatte. Mensch, wie hieß der noch???

„Was für eine Party!", staunte ich, als Gideon mir einem Platz an der Bar anbot. Ein Barkeeper warf einen silbernen Mixbecher durch die Luft, ehe er den Drink in ein mit Eiswürfel gefülltes Glas goss.

„Sex on the Beach", erklärte er, als er mir den Longdrink reichte.

Skeptisch rührte ich den orangeroten Drink mit dem Strohhalm und lächelte den Tierarzt verlegen an.

Marc würde sicher nicht gut finden, wenn ich hier Sex haben würde – in welcher Form auch immer. Und konnte ich überhaupt nach so einem Drink noch meinen Namen unter den Arbeitsvertrag setzen?

Andererseits wäre es sehr unhöflich gewesen, nicht wenigstens mal daran zu nippen.

Der Alkohol lähmte beinahe meine Zunge, und selbst die Süße der Säfte in dem Cocktail täuschte nicht darüber hinweg, dass ich hier etwas wahrhaft Hochprozentiges zu mir nahm.

„Lecker!“, presste ich trotzdem höflich hervor.

„Sie sehen heute fantastisch aus“, schmeichelte Gideon, und sein Blick glitt nicht gerade scheu über meinen auf Kleidergröße achtunddreißig zusammengepferchten Luxusbody. Mir wurde heiß …

Bloß nicht schwitzen!, ermahnte ich mich, denn ich fürchtete, dass der Überdruck in meinem Bodyforming-Unterkleid zusammen mit Schweiß als Gleitmittel dazu führen würde, dass ich wie eine Kanonenkugel aus dem schwarzen Minikleid katapultiert werden könnte. Das wäre dann ja wohl etwas peinlich. Doch wie sollte ich meine Drüsen kontrollieren, wenn mich dieses Prachtstück von einem Mann ansah, als wollte er mich hier und jetzt vernaschen?

Heilige Scheiße! Seit wann war ich denn begehrt? Und dann auch noch von solchen 1-a-Sahneschnitten?

„Ach“, tat ich sein Kompliment ab. „Ich hab mir doch bloß schnell was übergezogen …“

Er musste ja nicht wissen, wie ich die ganze Woche geackert hatte – und mich die Shapewear beinahe erstickte, nur, um so auszusehen!

Gideon lachte, und es kribbelte dabei in meinem Magen, als hätte ich den Riesenvibrator verschluckt. Marc wäre nicht erfreut gewesen über meine primitiv-urzeitliche Reaktion auf die Annäherungsversuche dieses Homo sapiens. Wobei, wenn ich die Ausbeulung in seiner Hose richtig deutete, gehörte Koch wohl eher zur Gattung Homo erectus! Entweder das, oder er hatte eine Pistole in seiner Hosentasche versteckt – was wohl etwas unwahrscheinlich war.

Auf jeden Fall brauchte ich einen großen Schluck von dem Sex-Drink, um meine Nerven zu beruhigen.

Ommm! Ich würde nicht schon wieder einen Arbeitsplatz durch sexuelles Fehlverhalten ruinieren! Ich würde mich zusammenreißen! Ommm!, ich würde sofort aufhören, die Männer in meiner Umgebung mit meiner immensen sexuellen Ausstrahlung zu … zu bestrahlen!

„Wollen …“ Guter Gott, der Typ hatte echt einen Ständer! „... wollen wir … uns nicht dem Arbeitsvertrag zuwenden?“, gab ich mich möglichst seriös, auch wenn mir sein eindeutiges Interesse durchaus schmeichelte.

„Warum diese Eile, meine Liebe? Der Abend ist noch jung!“

„Ja, ähhhh, schon, aber … aber ich fürchte, ich kann mich nicht so gut entspannen, ehe wir nicht … das Geschäftliche geregelt haben“, erklärte ich unsicher, denn neben mir führte eine Frau mit weißem, toupiertem Haar ganz im Stil von Marie Antoinette, einen Babytiger an einer Leine durch die Gäste.

Hallo!?! Wo war ich denn hier gelandet?

Gideon grüßte die Tiger-Tussi gelassen, als hätte sie anstatt eines vom Aussterben bedrohten Tieres einen Pudel dabei.

„Was …? Was ist denn das?“, stotterte ich ungläubig.

„Ach, das“, tat Gideon gelassen. „Das ist eine langjährige Freundin. Ein prächtiges Tier, nicht wahr?“

Wie bitte? Prächtiges Tier? Stand ich irgendwie auf der Leitung? War das ein Scherz?

Skeptisch beäugte ich meinen blutroten Drink. Was zum Teufel hatte man mir da hineingemischt, wenn ich schon wilde Tiere sah, wo doch ganz sicher keine sein konnten?

„Das … das ist ein Tiger!“, rief ich trotzdem.

Gideon lachte und zog mich vom Barhocker.

„Keine Sorge, es ist noch ein ganz kleiner Tiger. Der ist harmlos!“

„Harmlos?“, quietschte ich und stöckelte an Gideons Seite wieder durch die Partygäste. „Ich … verstehe nicht. Sie haben nicht zufällig noch den gesamten Circus Krone im Wohnzimmer sitzen, oder? Denn nur das würde erklären, warum ein Tiger …“

Gideon umfasste meinen Ellbogen fester. Das war einerseits gut, denn ich hatte Angst, in den Schuhen zu stolpern – andererseits wirkte diese Geste fast etwas bedrohlich.

Shit, warum hatte ich nicht auf Marc gehört? Vermutlich bestand mein neuer Job darin, zerhackt und dem Tiger zum Fraß vorgeworfen zu werden! Hätte Koch das doch gleich gesagt, dann hätte ich mir den ganzen Sport in der letzten Woche gespart und Tigerbaby hätte mehr zu knabbern gehabt! Wobei … zu meinem Ärger hatte ich ja trotz des Sports zugenommen, also … gut für den Tiger!

Herrgott! Als wäre das jetzt wichtig! Ich musste echt mal lernen, mich aufs Wesentliche zu konzentrieren!

Gideon führte mich aus der großen Halle, die Treppe hinauf. Ich erinnerte mich, an Weihnachten mit Pussy schon einmal dort oben gewesen zu sein. Am Kopf der Treppe stand ein alter Bekannter. Der kaukasisch anmutende Boris. Wie schon bei meinem letzten Besuch hier in der Villa stand er stramm in militärischer Haltung, und die Lichter des Kronleuchters spiegelten sich in seiner Glatze. Zu seinen Füßen saßen die beiden Dobermänner. Sie hoben ihre Nasen, als nähmen sie meine Witterung auf.

Vielleicht mochten Hunde ja Calvin-Klein-Düfte?

„Alles in Ordnung?", fragte Gideon den Russen, aber ich verstand dessen Antwort nicht. Wieder drängte sich mir das Gefühl auf, in einem Bond-Film gelandet zu sein. Nur diesmal schien Doktor Gideon Koch eher zu den Bösewichten als zu den Helden zu gehören. Dieser Boris war definitiv keiner von den Guten!

„Kommen Sie, Anna! Wenn Sie lieber erst den Papierkram erledigen wollen, dann machen wir das. Und danach …" Er strich mir sanft über den Arm, und seine Augen blitzen gefährlich. „… widmen wir uns angenehmeren Dingen."

Danach? Ich war mir nicht einmal mehr sicher, ob ich den Job überhaupt noch wollte, denn hier lief doch einiges gewaltig schief. Vermutlich war der Arbeitsvertrag gar kein Arbeitsvertrag, sondern eine Verzichtserklärung für den Fall, dass mir beim An-den-Tiger-verfüttert-werden eine Schmerzensgeldklage in den Sinn kommen würde.

Und da ich den Gedanken an Tiger irgendwie nicht mehr loswurde, waren mir *angenehmere Dinge danach* gerade herzlich egal!

„Hier entlang", lotste mich Gideon weiter in sein Arbeitszimmer. Als er die Tür hinter uns schloss, dämpfte das die Musik, und die plötzliche Stille hatte etwas

Unheimliches an sich.

„Was zum Henker ist denn hier eigentlich los?“, entfuhr es mir, und ich stemmte die Hände in die Hüften. Das wirkte sicher etwas unsexy, aber ich wollte ja im Grunde nur den Job – nicht den Mann. Es war an der Zeit, das deutlich zu machen. „Was für eine Party ist das denn, wo Gäste ihre Tiger mitbringen?“

Wieder lachte Gidcon und trat hinter den Schreibtisch.

„Ich bin Tierarzt, Anna. Dieser Tiger ist ein Filmtiger. Absolut harmlos. Er wird von klein auf an den Kontakt mit Menschen gewöhnt, um später in Filmen am Set entspannt und gelassen bleiben zu können. Es ist sehr wichtig, dass er auch Situationen wie diese kleine Feier einmal erlebt“, erklärte Koch gelassen und strich sich über seinen gepflegten Vollbart.

„Ach so … ja, dann …“

Filmtiger? Hmmm … Wie er das so sagte, klang das ja irgendwie logisch, aber warum blieb dann so ein komisches Gefühl zurück? So eine Ahnung eines dunklen Geheimnisses? Die Härchen in meinem Nacken kribbelten. Warnten mich.

„Kommen Sie, Anna! Machen Sie nicht so ein skeptisches Gesicht. Ich dachte, Sie sind ein Mädchen, das … ungewöhnlichen Abenteuern nicht abgeneigt ist. Oder habe ich Sie falsch eingeschätzt? Die Handschellen, Ihre leichte Bekleidung am Abend vor Weihnachten. Ich hatte den Eindruck, wir würden uns gut verstehen.“

Er hatte recht! Viel zu lange hatte ich ein langweiliges, biederes Leben geführt. Ich hatte mich doch so sehr nach einer Veränderung gesehnt! Mit Marc hatte ich einen

Bereich meines Lebens schon ordentlich aufgemotzt, und tatsächlich war Gideon ein charmanter, hilfsbereiter, unheimlich gut aussehender Mann, der wusste, wie man eine Party feierte. Was regte ich mich also über einen Tiger auf? War ja nicht so, als hielte er sich Krokodile im Keller! Er hielt sich doch sicher keine im Keller, oder?

„Sie haben absolut recht, Gideon!", versicherte ich ihm und setzte mich in den Sessel vor seinen Schreibtisch. „Ich finde Abenteuer toll!"

Das Bild meiner Rostlaube, die immer noch auf ihre lebensrettende Reparatur wartete, drängte sich in mein Bewusstsein. Und schließlich hatte ich für dieses Kleid tief in die ohnehin leeren Taschen gegriffen. Ich musste also abenteuerlustig sein, denn ich brauchte diesen verdammten Job – vorausgesetzt, er würde auch bezahlt, denn darüber hatten wir noch gar nicht gesprochen.

„Das freut mich." Er nahm eine Mappe mit Unterlagen aus der Schublade. „Dann lassen Sie uns doch über Ihr Aufgabengebiet sprechen."

Genau! Raus mit der Sprache! Ich war wirklich gespannt!

Ich nickte höflich, auch wenn ich ihm die Mappe zu gerne aus den Händen gerissen hätte. Was sprang für mich raus, wenn ich mich in dieses *Abenteuer* stürzte?

„Ich brauche jemanden für meine Buchhaltung. Die Abrechnungen der Praxis müssen in die Buchhaltungssoftware eingetragen werden, die Belege abgeheftet und die Rechnungen an die Patienten getippt werden. Bekommen Sie das hin, Anna?"

Rechnungen tippen? Das sollte das große Abenteuer

sein, von dem er sprach? Ich war zugegebenermaßen enttäuscht.

„Klar, das … sollte kein Problem sein“, antwortete ich wenig begeistert. Ich hatte nicht gerade vorgehabt, einen noch langweiligeren Job als den in der Kanzlei anzunehmen. Ich hätte einfach mit dem Hippie im Kanzleiklo eine rauchen sollen, dann hätte ich den Job dort vielleicht bekommen!

Gideon schlug die Mappe mit dem Arbeitsvertrag auf und reichte sie mir.

„Dann sehen Sie sich das bitte einmal an – wenn Sie keine Einwände haben, dann …“

Er schob mir einen silbernen Füller zu.

Ich sah von dem Vertrag zu ihm und wieder zurück. Sollte ich das wirklich in Betracht zieh…

„Heilige Scheiße!“ Ich blinzelte. „Ist das ein Witz?“

„Hatten Sie eine andere Gehaltsvorstellung?“, hakte Gideon höflich nach, und ich hatte Mühe, mich auf dem Stuhl zu halten! Die Zahl in dem Vertrag übertraf meine kühnsten Erwartungen um ein Vielfaches!

„Ich … nein, das … das ist schon okay so“, stotterte ich ungläubig. „Damit kann ich leben.“ Ich blätterte durch die restlichen Seiten des Vertrags und suchte den Haken an der Sache. Denn der musste ja irgendwo sein!

„Was bedeutet diese Passage?“, fragte ich und hielt meinem neuen, großzügigen Boss den Vertrag hin. „Was heißt, dass ich mich verpflichte, mich innerhalb dieses Anwesens nicht in Räumlichkeiten zu begebe, die mit meinem Aufgabenfeld nichts zu tun haben?“

Gideon lehnte sich lässig zurück. „Ach, das … Sehen

Sie, ich wohne hier, würde Ihnen aber mein Arbeitszimmer zur Verfügung stellen. Da ich ansonsten aber meine Privatsphäre nicht aufgeben möchte – dieser kleine, unbedeutende Passus."

Klang logisch!

„Ach so. Ja, das macht Sinn." Mit wild klopfendem Herzen überflog ich den restlichen Text. „Schweigepflicht, Vertraulichkeitserklärung …", las ich leise mit.

„Das ist wegen der Patienten. Eine Standardformulierung", beruhigte mich Gideon.

Sicher, das war wirklich alles vollkommen normal. Ich kannte mich schließlich mit Vertragsdingen aus. Gideon wollte sich nur gründlich absichern.

Mit schwitzenden Händen griff ich nach dem Füller und setzte meinen Namen unter den Vertrag.

Gideon sah zufrieden aus.

„Sehr gut. Dann sollten wir jetzt unbedingt auf unsere Zusammenarbeit anstoßen. Sie fangen dann zum frühestmöglichen Zeitpunkt bei mir an."

Ich grinste. Der Typ sah zwar hammermäßig aus, aber was eine Bürokraft in der Regel verdiente, wusste er nicht! Na, ich würde ihn darüber auch nicht aufklären!

Zufrieden folgte ich ihm wieder zurück auf die Party. Vom Tigerbaby fehlte jede Spur, und ich war zu glücklich, um mir darüber noch weiter Sorgen zu machen. Noch mal Sex on the Beach war mir jetzt herzlich willkommen. Ich setzte mich neben Gideon an die Bar und strich über mein Kleid. Dieses Paillettenkleid hatte mir echt Glück gebracht!

YAY!!!, ich würde in Kürze steinreich sein und mir ebenfalls einen Porsche zulegen!

Gideon war mein Richard Gere und ich die Exnutte, die es nun nicht mehr nötig hatte, für Fotzen-Harald anschaffen zu gehen!

Mein Leben war das reinste Märchen!

Kapitel 8

„Der ist garantiert ein Perverser!“, schimpfte Marc, als ich ihm am nächsten Abend von meinem neuen Supergehalt erzählte. Und davon, dass ich in der Kanzlei gekündigt hatte. Zum Glück ließen die mich wegen der Personalneugestaltung nach der Fusion auch gleich aus dem Vertrag. Alles lief also super!

„Quatsch! Der hat nur keine Ahnung vom Stellenmarkt, wie mir scheint. Vermutlich hat er so viel Kohle, dass es ihm vollkommen wurscht ist, wie viel er mir bezahlt.“

Marc hob seine Spottbraue.

„Ich sag dir mal was, Annalein: Jemand der Kohle hat, will immer nur noch mehr – nicht weniger! Die Reichen sind doch die Schlimmsten von allen! Das ist garantiert ein unmoralisches Angebot!“ Er wedelte drohend mit der Gabel, ehe er sich das nächste Stück seines Schnitzels in den Mund schob.

Hm, meine Erfahrung mit stinkreichen Typen beschränkte sich auf den unsexuellen Christoph, der schon einen Kuss in der Öffentlichkeit ungehörig gefunden hatte. Aber so tickte Gideon nun wirklich nicht! Der Ständer in seiner Hose bewies ja wohl das Gegenteil – wie moralisch oder unmoralisch sein Angebot auch sein mochte, würde sich zeigen.

„Ist mir doch auch egal, Marc! Ich freu mich einfach über dieses Gehalt. Endlich kann ich das Auto in die Werkstatt bringen."

Marc wischte, immer noch skeptisch, mit dem letzten Happen den Teller sauber.

„Wenn dir dieser Typ auf die Pelle rückt, dann …" Er steckte sich das Stück Fleisch in den Mund und kaute. „… dann bekommt er es mit mir zu tun!"

Wie cool! Marc würde für mich in den Kampf ziehen! Das war ein echt süßes Liebesbekenntnis.

Vielleicht tat dieser Job nicht nur meinem Geldbeutel gut, sondern auch meiner Beziehung. Ich hatte Marc noch nie so besitzergreifend erlebt. Das gefiel mir.

Ich verkniff mir ein Grinsen und räumte das Geschirr zusammen. Dann drehte ich mich wieder zu Marc um. Er sah gut aus, wie er da so lässig saß und seine Beine von sich streckte. Die Haare hingen ihm locker in die Stirn, und mich juckte es in den Fingern, sie ihm zurückzustreichen. Er war also eifersüchtig – na, vielleicht konnte ich das ja nutzen.

„Gideon kommt mir bestimmt nicht zu nahe", griff ich das Gespräch wieder auf. „Zugegeben, er sieht umwerfend aus, und darum hat er es auch nicht nötig, seine Sekretärin anzubaggern", versicherte ich Marc möglichst ernst. Schließlich wollte ich flachgelegt werden.

Es funktionierte. Marcs Spottbraue hob sich, und er kniff seine Lippen zu einem schmalen Strich zusammen. Langsam stand er auf und trat hinter mich.

„Er sieht also umwerfend aus? Bist du deshalb gestern Nacht erst so spät gekommen?", fragte er leise, und ein

Schauer lief meinen Rücken hinab.

Ich zuckte mit den Schultern.

„Er ist schon ziemlich attraktiv. Und er hat heilende Hände – du weißt doch, dass er Tierarzt ist – das finden Frauen in der Regel ja ganz heiß.“ Ich verkniff mir mein Kichern. Marc schnaubte und umfasste meine Taille.

„Schluss jetzt! Ich finde, wir haben heute schon genug von deinem Doktor geredet, Annalein“, murrte er und presste sein Becken an meinen Hintern. „Soll ich dir zeigen, was *ich* mit meinen Händen so anstellen kann?“

YES!! Ich war wirklich der Pferdeflüsterer … für Männer! Also der Männerflüsterer.

An meinem ersten Arbeitstag war ich etwas zu früh dran. Ich wollte ja nicht unpünktlich sein. Aber übereifrig wollte ich auch nicht wirken, deshalb stand ich mir auf dem Gehweg vor der Villa noch einige Minuten die Beine in den Bauch.

Der schwarze Audi, der schon neulich weiter oben an der Straße geparkt hatte, stand wieder da. Ein echt schöner Wagen, den ich mir dank meines Megagehalts bestimmt bald selbst würde leisten können. Im Wageninneren flammte ein Feuerzeug auf, und eine Zigarette wurde angezündet. Aus dem Seitenfenster stieg grauer Dunst auf.

Ich warf einen Blick auf die Uhr. Gleich acht.

Ein blauer Transporter eines Solaranlageninstallateurs rollte langsam näher. Der Fahrer grüßte den Audi-Fahrer, woraufhin der den Motor startete und davonfuhr. Der Transporter fuhr in die frei gewordene Parklücke, und der Fahrer stellte den Motor ab.

Irgendwie fühlte ich mich plötzlich beobachtet. Da es aber ohnehin gleich acht war, strich ich mir noch einmal über den Mantel und drückte auf die Klingel.

Mit einem Surren wurde das Tor entriegelt, und ich trat hastig ein. Irgendwo bellten die Hunde, und ich beeilte mich, zum Haus zu kommen. Das Letzte, was ich brauchen konnte, waren Pfotenabdrücke auf meinem Rock und Zahnabdrücke an meinem Hintern.

Die Tür wurde geöffnet, aber nicht von Gideon, sondern von Boris. Der kahlköpfige Russe musterte mich schlecht gelaunt und murmelte unverständliches Zeug vor sich hin.

„Hi“, versuchte ich, das russische Eis zu brechen, und sah mich unsicher um. Kein Anzeichen mehr, dass hier noch vor wenigen Tagen eine *animalische* Party gefeiert worden war. Alles war ordentlich und sauber. „Da hatte Gideon ja alle Hände voll mit Aufräumen zu tun“, plapperte ich, um das eisige Schweigen zu brechen.

Half nichts. Boris starrte mich weiterhin wortlos an.

„Ich hatte professionelle Hilfe“, antwortete stattdessen Gideon, der am Kopf der Treppe stand. Ich hob den Blick und stolperte beinahe.

Scheiße! Er war nackt, bis auf ein Handtuch, das lässig um seine Hüften gewickelt war.

„Der Putztrupp hat zwei Tage gebraucht“, erklärte er. Offenbar störte ihn seine Freizügigkeit nicht.

Boris deutete die Treppe hinauf, aber ich zögerte.

War Gideon Koch vielleicht ein Exhibitionist? Musste ich damit rechnen, gleich seinen Schwengel schwingen zu sehen? Und wäre das schockierend oder interessant?

Himmel, was stellte ich mir denn da für Fragen? Natürlich wäre es absolut unverzeihlich, wenn sich der gute Doktor so danebenbenehmen würde. Die Sache sähe nur dann anders aus, wenn die Offenbarung seiner Männlichkeit ein Versehen wäre. Dann … ja, dann könnte das schon irgendwie spannend sein.

Ich stieg die Treppe hinauf. Obwohl Gideon mir die Hand reichte, blieb das Handtuch genau dort, wo es hingehörte. Auf die Schwerkraft war wirklich kein Verlass!

„Ich habe gedacht, ich zeige Ihnen heute alles, und ab morgen kommen Sie dann schon allein klar. Wenn nicht, rufen Sie mich einfach in der Praxis an.“

Wassertropfen perlten auf seiner Brust und in seinem noch feuchten Haar. Er roch nach Aftershave, und mir wurde warm. Ich schielte auf sein Handtuch. Ob er mir wirklich *alles* zeigen wollte? Mir entging nicht, dass er da ein ganz ordentliches Paket unter dem Handtuch versteckt hatte. Der gute Doktor hatte wirklich was zu bieten.

„Sicher. Ich … kann es kaum erwarten“, keuchte ich, denn obwohl mein Herz Marc gehörte, erregte mich die Tatsache, neben meinem fast nackten Chef herzugehen.

Gideon sah mich amüsiert an. Hoffentlich ahnte er

nicht, welche Gedanken mir durch den Kopf gingen!

Ich sah direkt vor mir, wie er und natürlich Marc (denn ohne Marc wäre es irgendwie beziehungsschädigend) nackt wie der Klippenspringer aus der Werbung zu mir ins karibische Gewässer tauchten. Beide schwammen mit kräftigen Zügen auf mich zu. Ich trieb in den Wellen, das willenlose Spielzeug ihrer Lust! Ihre Hände waren überall, strichen über meinen Körper, wie das Wasser selbst, und ihre Küsse brannten heißer auf meiner Haut als die sengende Sonne am strahlenden Himmel über uns.

Diese Wahnsinnsvorstellung lenkte mich so ab, dass ich beinahe die Hunde übersehen hätte, die uns nun im Gang entgegenkamen. Bis sie knurrend vor mir standen.

„Das sind ja niedliche Hundchen!“, versuchte ich, mir meine Abneigung nicht so direkt anmerken zu lassen.

Gideon nickte. Das Handtuch hielt.

„Das sind Pinky und Brain. Sie werden sie mögen“, versicherte er mir unsinnigerweise, denn ich würde diese schwarzen, zähnefletschenden Wadenbeißer ganz sicher *niemals* mögen. Dafür trugen sie einfach zu viele scharfe Zähne mit sich herum.

Wir erreichten das Arbeitszimmer, und Gideon sperrte die Tiere aus. Ich konnte also durchatmen.

„Bitte, setzen Sie sich, Anna.“ Er deutete auf den großen Schreibtischstuhl, auf dem er während der Party gesessen hatte. Ich tat, worum er mich bat, und fühlte mich sofort unwohl. In dem Riesensessel kam ich mir vor wie der Bösewicht in einigen Kinderzeichentrickserien. Fehlte nur noch, dass das Licht gedämpft wurde und ich eine dicke schwarze Katze mit Nietenhalsband kraulte.

Wobei mir die dicke schwarze Katze noch lieber gewesen wäre als die Hunde vor der Tür. Immerhin war ich Expertin im Umgang mit Problemkatzen! Aber einen Topf zu finden, in dem ich gleich zwei Dobermänner unterbringen konnte … das würde sich bestimmt als schwierig herausstellen.

„Und was soll ich jetzt tun?“, fragte ich, da Gideon mich vergessen zu haben schien. Er schenkte sich ein Glas Scotch ein und sah aus dem Fenster. Um acht Uhr morgens! Also echt! Als gäbe es um diese Zeit da draußen schon was zu sehen.

Er trank aus und kam zu mir.

War das Handtuch gerade etwas verrutscht? Nervös beschwor ich die losen Enden, sich zu lockern, aber meine übersinnlichen Kräfte ließen mich im Stich.

Lässig beugte er sich über mich und schaltete den Rechner an.

„Zuerst anmachen“, erklärte er, und sein Duft benebelte meine Sinne.

Also noch mehr anmachen sollte er mich besser nicht.

„Und dann …“ Er bückte sich nach etwas in der untersten Schreibtischschublade – und das Handtuch klaffte auf.

Ich hatte freie Sicht auf Gideons bestes Stück. Es war gigantisch. Beinahe so groß wie mein lila Riesenvibrator.

„Dann stecken wir den hier rein.“

„Dafür ist er ja da“, murmelte ich mit plötzlich trockenem Mund.

Gideon lachte, das Handtuch glitt zurück, und ich wurde mir bewusst, wo ich hingestarrt hatte.

„Richtig. Dafür ist er da. Nehmen Sie ihn ruhig in die Hand.“

Was? Ich riss die Augen auf. Wurde ich hier gerade sexuell belästigt?

„Na los, nicht so schüchtern. Stecken Sie ihn einfach rein!“

Wie cool! Also nicht, dass ich sexuelle Belästigung gut fand, aber … aber mein Ego erlebte gerade einen mächtigen Aufschwung. Ich musste einsehen, dass ich eine echt heiße Schnitte war. Da blieb so was eben einfach nicht aus!

Trotzdem durfte ich nicht vergessen, dass ich in einer festen Beziehung war. Einen fremden Penis anzufassen, war da nicht angebracht, auch wenn mein unterbewusstes Schlampen-Ich schon die Hand ausstreckte.

Scheiße! War ich irre? Ich streckte tatsächlich schon die Hand aus!

Schnell, um nicht sehen zu müssen, was ich tat, kniff ich die Augen zusammen und hielt die Luft an.

Gideon nahm meine Hand in seine und schloss meine Finger um etwas kühles Glattes.

Hmmm … fühlte sich total anders an als erwartet. Viel kleiner und … eckig …?!?

„Wenn Sie ihn reinstecken, achten Sie nur darauf, wo oben und unten ist.“

Ich blinzelte. Von seinem Penis war nichts zu sehen, und ich stieß erleichtert die Luft aus. Das kühle, glatte, eckige Ding war ein USB-Stick, und endlich ergab auch Gideons drängende Aufforderung einen Sinn.

„Anna?“, hakte er nach und trat noch einen Schritt

näher. „Sie kennen sich damit doch aus, oder?“ Das Handtuch blähte sich bei der Bewegung, und wieder erhaschte ich einen Blick auf … den *kleinen Koch*.

Herrgott! Ich sollte echt nicht so glotzen!

„Anna?“

„Keine Sorge!“, stotterte ich abgelenkt. „Ich … ich bin eine echte Expertin auf dem Gebiet.“

Ob ich von Riesenpenissen sprach oder von Speichermedien, wusste ich in diesem Moment nicht so genau, aber was auch immer Gideon von mir wollte – ich war bereit dazu. Ähhh, ich meine, ich wäre bereit dazu, sollte Marc plötzlich sterben und in seinem Testament den Wunsch äußern, dass ich auf nichts verzichten und mein Leben in vollen Zügen genießen sollte. Dann, Doktor Gideon Koch, würde ich …

Oh, was war ich nur für ein schlechter Mensch? Wie konnte ich an so was überhaupt nur denken? Ich liebte Marc!

Schuldbewusst verdrängte ich jeden Gedanken an mein Dasein als trauernde Witwe, die in Gideons Armen Trost suchte, und steckte den Stick in den USB-Anschluss. Die Dateien öffneten sich: Rechnungsvordrucke sowie Ordner für Patientenrechnungen nach Monat und Jahr. Dazu eine Reisekostenaufstellung, Tabellenarbeitsmappen mit Einnahmeüberschussrechnungen und etliches an Schriftwechselablage.

„Am besten sehen Sie sich alles einmal in Ruhe an, während ich … mich ankleide?“

War das eine Frage? Erwartete er jetzt eine Antwort? Hoffte er, dass Kleidung zwischen uns unnötig wäre?

Dabei war Kleidung gerade zwischen uns bitter nötig, denn ich war ja schließlich auch nur ein Mensch – und alle chemischen Rezeptoren schütteten bei Kochs Anblick Sexualhormone aus. Ich wurde von diesen steinzeitlichen Evolutions-Mechanismen gelenkt wie eine Marionette.

„Sicher", stammelte ich daher und versuchte, alle übrigen, nicht von Sexualhormonen gefluteten Hirnregionen auf meine Aufgabe zu lenken.

Mein erster Arbeitstag als Kochs neue Bürokraft neigte sich dem Ende zu. Nachdem Gideon sich angezogen hatte, war die Zusammenarbeit eigentlich recht reibungslos verlaufen. Zwar hatte ich eine lautstarke Unterhaltung zwischen ihm und Boris mit angehört, aber da er darüber kein Wort verlor, sagte auch ich nichts dazu. Nach dem Streit hatte Gideon einen Drink hinuntergestürzt und mir dann erklärt, er hätte in der Praxis einen Notfall.

Nun saß ich also allein da, feilte meine Nägel und fand, dass ich meine Sache für den ersten Tag ganz gut gemacht hatte.

Mein Blick schweifte durch das erhabene Arbeitszimmer bis zur Tür. Stiefelschritte und ein leises Knurren waren zu hören.

Beschattete mich dieser komische Russe etwa? Und was war das überhaupt für ein Typ? Was hatte der gut aussehende, mit einem prächtigen Schwanz ausgestattete Gideon mit so einer windschiefen Kreatur zu schaffen? Und warum sah ich jetzt immer, wenn ich an den Tierarzt dachte, seinen Penis vor mir? Ich sollte heute unbedingt mit Marc schlafen, um meine Fortpflanzungsorgane zu eichen.

Ein Kratzen an der Tür ließ mich meine Pläne für den Feierabend erst mal auf Eis legen. War das Pinky? Oder Brain? Ich stand auf und schlich zur Tür. Vorsichtig lauschte ich am Holz. Nicht weit entfernt hörte ich den Russen sprechen. Ich bückte mich und spähte durchs Schlüsselloch. Boris telefonierte. Er sah ziemlich wütend aus.

„… auch noch dieses Frauenzimmer hier herum!“, hörte ich ihn sagen. „Gideon … nur noch mit seinem Schwa…“

Einer der Hunde bellte und kam schnüffelnd zur Tür. Ich beeilte mich, zurück an den Schreibtisch zu kommen und ein beschäftigtes Gesicht zu machen, als Boris auch schon seinen kahlen Kopf hereinsteckte.

„Feierabend!“, erklärte er schroff und stellte sich abwartend an die Tür.

Die Hunde stromerten durch den Raum, bis Boris sie mit einem Pfiff wieder nach draußen dirigierte.

„Ja, ich … ich hab’s gleich.“

Wer bist du, Boris? Diese Frage hämmerte wie ein Kanonenschlag in meinem Kopf. Es schien, als könnte er meine Gedanken lesen, denn er kniff verärgert die Augen zusammen.

„Du kommen jetzt!“, brummte er und deutete auf den Flur.

Na schön! Dann würde ich jetzt eben gehen, aber es verwunderte mich doch, dass ich bei meiner Sichtung von Kochs Ausgaben kein Gehalt für Boris entdeckt hatte. Wie Freunde sahen mir die beiden aber auch nicht aus.

Also, du kaukasischer Schurke, warum hängst du ständig hier rum und spielst das Alpha-Männchen?

Ich packte meine Tasche und schlüpfte in meinen Mantel, fest entschlossen, dieses Rätsel zu lösen. Am besten gleich morgen!

Kapitel 9

Gideon war in seiner Praxis, Boris polierte draußen im Hof an einem Porsche herum, und die Köter rannten bellend durch den Garten. Möglichst unauffällig drückte ich mich in die Gardine, um den Russen zu beobachten.

Ein komischer Kerl – das stand fest. Immer wieder warf er kritische Blicke hier herauf, als würde er spüren, dass ich ihn beobachtete. Ohne den Vorhang in Bewegung zu versetzen, trat ich zurück an den Schreibtisch.

Mir waren heute einige merkwürdige Rechnungen aufgefallen – aber was wusste ich schon, was merkwürdig war? Ich kannte mich ja im tiermedizinischen Bereich überhaupt nicht aus. Allerdings wunderte ich mich schon, warum Gideon zweihundert Ampullen Betäubungsmittel gekauft hatte – in einem Onlinehandel für Großwildjäger!! Oder warum er einen gigantischen Geldeingang einer Dame aus Monaco mit Verwendungszweck „für den König“ verbucht hatte – auf einem Schweizer Konto. Warum hatte Koch dort überhaupt ein Konto? Und wer zum Teufel war der König? War das womöglich Gideons Sex-Name? Ein Kosename für Swinger?

Wenn ich so darüber nachdachte, dann wurde mir irgendwie mulmig. In was für krumme Geschäfte war ich da hineingeraten? Ich spähte noch einmal aus dem

Fenster, aber weder der Porsche noch Boris waren zu sehen. Vermutlich drehte er eine Runde mit dem frisch aufpolierten Flitzer.

War das Boris' Karre? Ich öffnete die Datei mit den Kraftfahrzeugkosten. Der Porsche war auf Gideon zugelassen, aber laut den eingescannten Rechnungskopien hatte ein Boris Smirnow den Wagen nach dem Kundendienst entgegengenommen.

Boris Smirnow! Jetzt hatte ich zumindest den Namen dieses Freaks! Ich war echt eine super Spürnase! Ein echter Sherlock Holmes! Adrenalin rauschte durch meine Adern, und mein Puls hämmerte im Takt mit dem Titelsong von *Golden Eye*!

„You'll never knooow how I watched you … hmhmhm shadows like a Dingsbums", summte ich, ohne den Text richtig zu kennen – und natürlich, ohne auch nur annähernd so zu klingen wie Tina Turner.

Die ganze Aufregung drückte mir auf die Blase, und ich rutschte nervös auf dem Stuhl herum. Ich wusste ja nicht mal, wo in diesem Riesenhaus das Klo war. Das hatte ich Gideon gestern leider nicht gefragt. Aber bis zum Feierabend war noch eine ganze Stunde hin. Und ich musste unbedingt das Töpfchen aufsuchen.

Ein Kontrollblick in den Hof zeigte mir, dass Boris wohl noch immer unterwegs war, darum ging ich hastig zur Tür und öffnete sie einen Spalt. Von den Hunden war nichts zu sehen, also schlich ich in den Flur hinaus. Diese Passage im Arbeitsvertrag bezüglich der Räumlichkeiten drängte sich in mein Bewusstsein, aber es half ja nichts. Gideon würde es sicher nicht so toll finden, wenn ich auf seinen Teppich pinkeln würde – wobei, ich könnte es ja auf Pinky schieben … Außerdem musste ich an meinem Arbeitsplatz wohl mal das Klo benutzen dürfen.

Also: Wo war die Toilette? Logisches Denken war angesagt!

Gestern hatte Gideon mit einem Handtuch um die Hüften hier oben gestanden. Meine Spürnase sagte mir, dass ein Badezimmer demnach nicht weit sein konnte. Der Flur war zwar lang und es zweigten einige Türen ab, aber hinter einer davon das Bad zu finden, schien mir eine lösbare Aufgabe.

Hinter Tür eins verbarg sich so was wie ein Kaminzimmer: Ledersessel, Bücher, Whiskykaraffe auf einem altmodischen Servierwagen.

Hinter der nächsten ein Spielzimmer mit einem großen Billardtisch, einer Dartscheibe und sogar einem Roulette-Spiel. Wenn ich mich hier so umsah, dann gewann wohl recht oft die *Bank*! Gideon musste nur so im Geld schwimmen.

Verwundert über diesen Reichtum suchte ich weiter und fand: Gideons Schlafzimmer.

Holla, das war mal ne Liebeshöhle! Ein Giga-Bett, für die Stimmung ein elektrisches Kaminfeuer gegenüber an der Wand und ein Riesenfernseher. Die weiten Fenster standen offen, und Zweige des wilden Efeus, der die Hauswand berankte, wippten davor im Wind. Vor dem Bett lag das Fell eines Bären, mitsamt Kopf und Pfoten. Und an der Decke – eigentlich keine Überraschung – ein mächtiger Spiegel.

Ha! Das war nicht schlecht! Aber der Bär …! Mich

gruselte, und ich fühlte mich wie ein Stalker. Herrgott, ich stand mitten im Schlafzimmer meines neuen Chefs! Fehlte ja nur noch, dass ich mich probehalber in sein Bett legte!

Ob ich mich nicht schnell mal probehalber in sein Bett legen sollte?

Verdammt! Warum hatte ich nur immer so schräge Gedanken?

Gelenkt von irgendeinem Teufel in mir, schlüpfte ich aus den Schuhen und kletterte in Gideons Bett. Es war der Himmel! Die Queen konnte nicht besser liegen!

„Ahhh!“, seufzte ich und streckte mich quer aus. „Wie herrlich!“

Was war das nur für eine Matratze? Wunderbar weich und zugleich so angenehm für den Rücken. Ich sah mich selbst im Spiegel und wippte mit dem Becken. Sex hier drin wäre der Hammer! Ob ich wohl Marc mal heimlich mit herbringen konnte?

Ein leises Knurren riss mich aus meinen Gedanken, und ich setzte mich ruckartig auf.

„Kacke!“ Pinky – oder war es Brain? – stand vor dem Bett und fletschte die Zähne.

Das war ungünstig!

Langsam, um das Hundchen nicht zu erschrecken, robbte ich an die Bettkante. Das Knurren wurde lauter. In Zeitlupe schwang ich ein Bein auf den Boden. Pinky – oder Brain – folgte jeder meiner Bewegungen. Mir brach der Schweiß aus, als ich mich Schritt für Schritt unter dem kritischen Blick dieser Bestie der Tür näherte. Dort angekommen, stieß ich einen erleichterten Schrei aus, knallte die Tür zu, sodass der Hund eingesperrt war, und rannte barfuß zurück ins Büro. Barfuß?

„Verdammt!“ Was jetzt? Meine Schuhe lagen noch immer vor Gideons Bett! Ich musste sie unbedingt zurückholen, ehe er sich darüber wundern würde, dass ich ohne Schuhe herumlief, oder sogar merken würde, dass ich durch sein Haus geschlichen war. Aber wie?

Stiefelschritte auf der Treppe. Das musste der Russe sein! Himmel! Ich war echt im Arsch! Vermutlich würde der mich für eine Spionin halten und mich mit seiner Kalaschnikow eiskalt über den Haufen schießen, oder mich von einer riesigen Kreissäge zerschneiden lassen … auch wenn das schon etwas klischeemäßig wäre.

Ich rannte um den Schreibtisch herum und setzte mich, so konnte Boris von der Tür aus meine schuhlosen Füße nicht sehen. Schnell schloss ich die Rechnung für den Porsche und tat so, als säße ich an den Reisekosten.

Malaysia, Sumatra, Florida …

Gideon kam wirklich rum. Aber es war keine Zeit, von Stränden zu träumen, denn mein glatzköpfiger Aufpasser kam herein.

„Du heute machen früher Feierabend!“, gab er forsch bekannt.

Ich ballte die Hände zu Fäusten. Ich konnte doch nicht ohne meine Schuhe gehen.

„Echt? Wie … schön!“, tat ich ganz unschuldig. „Und … wann?“

„Jetzt! Du jetzt gehen!“

JETZT???

Ommmm! Beruhige dich und lass dir nichts anmerken!,

beschwor ich mich. Sei ganz natürlich!

„Schön. Dann … gehe ich jetzt.“ Ich nahm meine Tasche und ging möglichst selbstbewusst auf ihn zu.

„Was ist mit Schuhen?“, fragte er und nickte in Richtung meiner Füße.

„Och, ich gehe gerne barfuß. Das ist gut für die Haltung.“ Ich reckte die Brüste raus und streckte den Hals. „Diese Pumps sind ja sooo ungesund.“

Aus Boris’ Gesicht sprach Unglauben, darum drängelte ich mich schnell an ihm vorbei und lugte ein letztes Mal in Richtung des Schlafzimmers. In Richtung meiner Schuhe!

So gelassen wie möglich stieg ich die Treppe hinunter. Der kalte Marmor war ganz schön unangenehm an den bloßen Füßen, und Boris hinter mir räusperte sich schon. Ganz sicher kam ihm das mehr als nur merkwürdig vor.

„Bis morgen dann!“, trällerte ich gespielt fröhlich und zog hastig die schwere Haustür hinter mir zu.

Puh! Das war knapp!

Kurz wischte ich mir den Angstschweiß von der Stirn, dann setzte ich den ersten Fuß auf den Kies der ellenlangen Auffahrt.

„Au!“ Meine armen Fußsohlen! „Au!“, keuchte ich und drehte mich um. Super! Den ersten halben Meter auf dem Folterkies hatte ich ja schon geschafft. Lagen nur noch dreißig vor mir. „Au! Au! Verflu… Au!“

Als ich endlich den Gehweg erreicht hatte, waren meine sämtlichen Fußreflexzonen so angeregt, dass ich mich fühlte, als wäre ich ein radioaktives Teilchen. Alles kribbelte.

Ich blieb kurz stehen und rieb meine schmerzenden Füße, als Boris im Porsche aus der Einfahrt preschte. Steinchen flogen auf, und ich hörte das leise Quietschen des sich schließenden Tores.

Ohne groß nachzudenken, rannte ich los und quetschte mich durch das beinahe schon geschlossene Tor.

„Au!“, rief ich, als sich mir der Schotter erneut in die Fußsohlen bohrte.

Und jetzt? Ich sah mich um. Ich wusste, was mich hergetrieben hatte, aber wie um alles in der Welt sollte ich wieder rauskommen? Die Mauer war gute zwei Meter hoch, und das Tor hatte oben spitze Zacken. Ganz abgesehen davon, dass sich irgendwo auf dem Grundstück auch noch zwei beißwütige Dobermänner herumtrieben!

So schnell es meine gequälten Füße zuließen, humpelte ich zurück zum Haus und schlug mich dann in die Büsche.

Hinter einigen Buchskugeln und einer Säulenzypresse wand sich der Efeu in einem undurchdringlichen Geflecht aus dicken Ästen und dunkelgrünen Blättern an der Hauswand empor. Unentschlossen stand ich da und spähte nach oben. Das Fenster stand noch immer weit offen, aber es befand sich gute vier Meter über meinem Kopf.

Da hochklettern zu wollen, war eine Scheißidee! So bescheuert wie die Hebefigur an Maries Hochzeit! Oder der lila Riesendildo! Oder der Pfannenwender …

Okay, ich hatte einen Hang für schräge Ideen!

Ich spähte über die Schulter zum Tor hin. Jeder, der

vorbeikäme, würde mich sehen – wenn ich es denn überhaupt schaffen würde, da hinaufzuklettern. Ich war ja schließlich nicht *Spiderman*! So ein *Spiderman*-Anzug würde meiner Figur auch nicht gerade schmeicheln.

Ein wütendes Bellen riss mich aus meinen Grübeleien.

Scheiße! Pinky! … na, oder eben Brain!

Da ich nicht vorhatte, als Hundefutter zu enden, schob ich mir den Rock bis zu den Hüften nach oben, hängte mir meine Tasche über die Schulter und krallte mich in den Efeu. So schnell ich konnte, kraxelte ich an den dicken holzigen Ranken nach oben. Ich schnaufte vor Anstrengung und … war gerade mal zehn Zentimeter vom Boden entfernt.

„Gott, ist das anstrengend!", keuchte ich und zog mich weiter nach oben. Meine Arme zitterten und …

Igitt! Ich hatte voll in eine Spinne gelangt! Wäh! Ich wollte loslassen, runter von diesem Zauberbohnenverschnitt. Weg von dem Spinnenparadies! Jetzt, wo ich mir bewusst war, dass ich nicht die Einzige war, die hier zwischen den Blättern so abhing, sah ich es überall kribbeln und krabbeln.

Bäh! Eine Wanze … und dort, eine eklige gelbe Kreuzspinne … und da! Eine Vogelspinne!!!

Nein, nein! Doch nicht! Es war nur ein Vogel, der eine Spinne fraß! Trotzdem schüttelte es mich, und ich zwang mich, den Blick von dem Grünzeug zu nehmen. Stattdessen sah ich nach unten.

Schlechte Idee! Obwohl ich nicht mal die Hälfte geschafft hatte, kam mir der Boden ziemlich weit entfernt vor. Die Erde fing an, sich um mich zu drehen, und ich hob eiligst den Kopf.

„Schaff deinen Hintern da rauf!", ermahnte ich mich selbst. Schließlich war Abstürzen keine besonders reizvolle Alternative. Darum kämpfte ich mich weiter. Mein roter Schlüpfer musste sich wie ein Leuchtfeuer von dem satten Grün des Efeus abheben, und ich betete, dass keiner der Nachbarn die Polizei rief. Eine gefühlte Ewigkeit später schwang ich endlich mein Bein über den Fenstersims.

Vorsichtig spähte ich durch die Vorhänge, aber von dem Dobermann, den ich vorhin hier eingesperrt hatte, war nichts zu sehen. Bestimmt hatte Boris ihn befreit. Ob er sich fragte, wie der Köter hier hereingekommen war? Na, ich hatte damit jedenfalls NICHTS zu tun – sollte er mich jemals danach fragen.

Beruhig ließ ich mich ins Schlafzimmer plumpsen. Ich schnaufte, als wollte ich ein Schlauchboot aufpusten, und jeder einzelne Muskel in meinem Körper trat in Generalstreik. Boah! Wer hätte gedacht, dass Fassadenklettern so anstrengend ist! In Filmen sah das immer so einfach aus. Wenn ich mich hingegen jetzt so ansah …

Mein Rock hing immer noch über meinem Slip, und meine Hände waren braun von Blattsaft, Harz – und vermutlich einigen zerdrückten Insekten …

Aber wenigstens hatte ich es geschafft! Jetzt nur schnell meine Schuhe einsammeln, und … Das Röhren eines leistungsstarken Motors drang durchs Fenster.

„Mist!" Ich rechnete mit Boris' Rückkehr, aber der Blick aus dem Fenster zeigte, dass statt des Russen

Gideon auf dem Weg zur Haustür war.

Shit! Wie sollte ich aus dieser Nummer wieder rauskommen?

Hektisch rappelte ich mich auf, griff mir meine Schuhe und hastete zur Tür. Wenn ich von mir ausging, dann würde Gideon nach einem anstrengenden Tag in der Praxis sicher zuerst in die Küche gehen, ein Spiegelei – oder eine Packung Fischstäbchen – verdrücken (Merke: Diesen Punkt bei Gelegenheit in Bezug auf meine Gewichtsprobleme noch einmal unter die Lupe nehmen!), ein Bier trinken (Merke: Diese Tatsache in Bezug auf meinen fast schon besorgniserregenden Alkoholkonsum ebenfalls noch einmal unter die Lupe nehmen!) und dann ein Nickerchen auf der Couch machen (Merke: Diesen Punkt …) Ach, verdammt! Scheiß drauf!

Ich schlich in den Flur. Wenn Gideon also normal tickte, dann konnte ich vielleicht unbemerkt die Treppe hinunterschleichen und mich aus der Tür mogeln. Jedenfalls würde er bestimmt nicht gleich die Treppe hochkomm…

Schritte. Verdammt! Er kam die Treppe herauf!

Und jetzt? Rückzug? Ich rannte zurück zur Schlafzimmertür und lehnte mich schnaufend dagegen.

Eine Idee! Ich brauchte irgendeine Scheißidee!

Mein Blick streifte durchs Zimmer, auf der Suche nach einer Rettungsleine. Nach einer Erklärung für meine Anwesenheit.

Das Bett! Ich konnte mich darunter verkriechen, und wenn er schlief, könnte ich rausschleichen. Erleichtert hob ich den bodenlangen Bettüberwurf an und …

Unterbettaufbewahrungsboxen! Arghh!!

Mit einem Fluch, der definitiv ein PIIIEP vertragen hätte, riss ich mir den Haargummi aus den Locken, schüttelte meine Mähne aus und zupfte mir den Ausschnitt meines Shirts bis zu den Nippeln. Möglichst verführerisch warf ich mich aufs Bett, versuchte meine schmutzigen Hände an meinem Rock zu säubern, und starrte bang zur Tür.

Ich musste das Überraschungsmoment nutzen! Er trat in den Raum.

„Gideon!“, flötete ich so verführerisch, wie es meine zitternde Stimme zuließ.

Er riss die Augen auf.

„Anna!?! Was …?“ Er sah sich misstrauisch um.

Was ich hier mache? Das fragte ich mich auch. Ich hätte mich ohrfeigen mögen. Stattdessen strich ich mir betont wollüstig über den Körper und klimperte mit den Wimpern.

„Endlich kommst du nach Hause, Gideon. Ich … ich habe schon auf dich gewartet“, trällerte ich und versuchte mich an sinnlichen Marylin-Monroe-Bewegungen, als ich mich aus dem Bett wand. „Ich hätte keine Minute länger warten können.“

Gideons überraschte Gesichtszüge entspannten sich, und er kam langsam näher.

„Ich hatte ja keine Ahnung, dass du … so empfindest.“

Ja, was er nicht sagte! Ich hatte auch keine Ahnung, dass ich so verrückt war!

„Ich muss gestehen, dass die gestrige Nähe zu dir … mir klargemacht hat, was ich will!“, plapperte ich drauflos und suchte im Geiste noch immer nach einem Ausweg.

Gideon sprang darauf an. Er kam zu mir und umfasste meine Schultern. Sein Blick glitt ungeniert zu meinem Brustansatz, der durch das tief gezogene Shirt deutlich zu erkennen war.

„Und was willst du, Anna?“, fragte er heiser und presste sich entschlossen an mich.

Holla!

Nach Hause zu Marc – aber das war es nicht, was er hören wollte.

„Ich … will …“ Aussprechen konnte ich diese Lüge nicht, also sah ich mit hoffentlich bedeutungsschwerem Blick zum Bett.

Gideon schien zu verstehen, denn sein Giga-Penis schwoll zur Größe einer Parkuhr an. Ich musste einen Schritt nach hinten machen, um dem Gerät Raum zu lassen.

„Das will ich auch!“, gestand er und zog mich mit sich auf die Matratze. „Seit du mit den Handschellen hier hereingeschneit bist, kann ich nur noch an dich denken!“

War klar! Ich war die Sharon Stone des Kopfkinos. Ich weckte die *Basic Instincts*!

Aber trotzdem musste ich dringend aus dieser Nummer raus.

Gierig warf sich Gideon auf mich, seine gespitzten Lippen kamen mir immer näher. Seine Hände fuhren in mein Haar. Ich drehte den Kopf weg, um seinem Kuss zu entkommen.

„Warte, … Liebster!“ Oh, ich war ein wirklich schlechter Mensch! Marc würde mich auf jeden Fall für meine Sünden bestrafen müssen. Ich schob den Tierarzt von mir und strich mir die von ihm in Unordnung gebrachten Haare zurück. „Ich will das hier ja auch!“, versicherte ich ihm und klimperte noch einmal mit den Wimpern. „Aber … aber ich habe einen Freund. Ich muss … das erst klären!“

Gideon schien enttäuscht. Trotzdem drückte er mich mit seinem Körper in die Kissen.

„Aber, Anna ... Du bist hier, ich bin hier … niemand muss davon erfahren“, versuchte er, mich umzustimmen, während er gezielt seine Parkuhr zwischen meinen Oberschenkeln parkte.

„Ich könnte das nicht mit meinem Gewissen vereinbaren, Gideon. Ich könnte nicht damit leben, dass etwas so … Unfassbares mit einer Lüge beginnt.“

Es war *unfassbar*, was für einen Unsinn ich von mir gab! Warum sagte ich ihm nicht einfach, dass ich das verdammte Klo gesucht hatte?

Wenn ich hier heil rauskäme, dann würde ich mir auf jeden Fall noch einmal einen neuen Job suchen müssen.

Es tat weh, so ein Einkommen abzuschreiben, aber was blieb mir denn noch anderes übrig, nachdem ich wie ein Einbrecher sein Zimmer durchsucht hatte, am Efeu ins Haus eingestiegen war und mich wie eine willige Geliebte in sein Bett drapiert hatte? Und nach all dem immer noch nicht wusste, wo das verdammte Klo war.

Wenn ich die Dinge, die heute passiert waren, aneinanderreihte, dann war dies wohl einer der erbärmlichsten Tage meines Lebens. Aber hey – wie es aussah, war ich immer noch steigerungsfähig!

Gideon fasste nach meiner Brust, und ich sprang förmlich aus dem Bett.

„Huch, also das …“, stotterte ich. Meiner Brustwarze war es offenbar egal, wer sich ihr widmete, denn sie drückte sich hart durch mein Shirt. „Also, Gideon, das …“

Er stand ebenfalls auf und kam wie ein Tiger auf mich zu.

„… das dürfen wir nicht. Nicht heute!“ Ich bückte mich nach meinen Schuhen, die an der ganzen Misere schuld waren, schlüpfte hastig hinein und drängte mich an ihm vorbei zur Tür.

Niedergeschlagen ließ Gideon den Kopf hängen und strich sich über den Bart.

„Schön. Ich … ich habe eh noch etwas zu erledigen. Es ist vielleicht wirklich besser, du gehst jetzt.“

„JA! Das sage ich doch!“

Boah, was für ein Glück! Er hielt mir die Tür auf und ließ mir den Vortritt. Als ich im Flur war, wusste ich auch, warum. Er legte mir frech die Hand auf den Po.

Shit! Jetzt nur die Ruhe bewahren!

Derart fummelnd, geleitete er mich die Treppe hinunter und führte mich durch die Halle. Von irgendwo aus den Tiefen der Villa drang ein komisches Fauchen und ein lautes Scheppern zu uns, aber was immer das auch war, es war im Moment nicht mein Problem. Vermutlich zerlegten Pinky und Brain Gideons Küche – oder aber, die beiden versuchten, die Weltherrschaft an sich zu reißen!

Gideons Finger schoben sich unter meinen Rock, und

ich trat eiligst einen Schritt zurück.

„Bis morgen dann“, trällerte ich und floh in die Auffahrt. Es war schon beinahe dunkel. Mit Schuhen an den Füßen erreichte ich schnell das Tor, das Gideon mir freundlicherweise von der Haustür aus öffnete. Ich winkte noch einmal und stürzte davon.

Scheiße, Scheiße, Scheiße! Was für ein Bockmist!

Ich hatte diesen Bürotantenjob echt verkackt! Einen passenden Broterwerb für mich zu finden, war offenbar eine ziemliche Mission Impossible.

Ich rannte (na gut, ich ging schnell) den Gehweg entlang und ärgerte mich über mich selbst. Der schwarze Transporter des Solaranlageninstallateurs stand schon wieder da, und auch der Audi auf der anderen Straßenseite. Wieder rauchte der Fahrer seine Zigarette zum Seitenfenster hinaus. Hatte der keine Wohnung?

Ich grübelte über diesen Audi-Fahrer, bis ich zu Hause ankam. Dort feuerte ich meine Tasche in die Ecke, zog die Schuhe aus, ging endlich aufs Klo und dann schnurstracks in die Küche. Wie jeder normale Mensch!!!

„Maaharc!“, rief ich und öffnete mir ein Bier. Es duftete nach Pfannkuchen, und Pussy schlich mir maunzend um die Füße.

„Du bist ja spät dran.“ Marc kam aus seinem Zimmer. „Schon am zweiten Arbeitstag Überstunden?“, fragte er mitfühlend und reichte mir einen Teller mit Pfannkuchen.

Ich schüttelte den Kopf und zog uns beiden einen Stuhl heraus. Dann rollte ich mir den Teigfladen und biss hinein.

„Nee. Überstunden nicht direkt! Ich … ich hab mal

wieder …“

Die Spottbraue hob sich.

„Du hast mal wieder eine Anna-Nummer abgezogen?“, fragte Marc ungläubig. „An deinem zweiten Arbeitstag? Lass mich raten: Was hast du diesmal angestellt?“ Er tippte sich nachdenklich mit dem Finger gegen sein Kinn. „Hast du im Büro einen Porno angeschaut und bist erwischt worden?“

Dieser Idiot! Nie nahm er etwas ernst! Ich grinste und schüttelte wieder den Kopf.

„Weißt du, Annalein, das wäre nicht schlimm – das ist mir auch schon mal passiert“, gab er verschwörerisch zu, und ich hätte vor Lachen beinahe meinen Pfannkuchen verschluckt.

„Nein, Marc – ehrlich, das war es nicht.“

Er grinste.

„Ist es schlimmer?“

Ich nickte.

„Will ich es wissen?“

Ich schluckte den letzten Bissen Pfannkuchen hinunter und verzog das Gesicht.

„Eher nicht – aber ich will es nicht für mich behalten.“ Ich zupfte verlegen am Saum meines Shirts, während ich ihm in groben Zügen von meinem Tag berichtete. Marc schüttelte immer wieder fassungslos den Kopf, aber als ich fertig war, grinste er.

„Ein Penis wie eine Parkuhr, richtig?“, vergewisserte er sich schmunzelnd, und ich schlug nach ihm.

„Das hab ich doch gesagt, Marc! Aber … das hat wirklich nichts zu bedeuten! Ich will nur dich, wirklich!“

Dieser Idiot lachte mich auch noch aus.

„Warst du scharf auf ihn?“, fragte er schelmisch und zog mich auf seinen Schoß. „Hast du dir vorgestellt, wie es mit ihm wäre, Annalein?“

„Was? NEIN! Auf keinen Fall!“, log ich, aber Marc schien mich zu durchschauen. Seine Augen funkelten, als brütete er etwas aus.

„Und wenn ich tot wäre?“, fragte er herausfordernd.

Was? Konnte er plötzlich Gedanken lesen? Das war ja unheimlich, und ich spürte, wie ich rot wurde. Schnell sprang ich auf und räumte die Teller in die Spüle.

„Was soll der Mist, Marc? Du bist nicht tot – und das ist das Einzige, was zählt! Außerdem muss ich jetzt schon wieder kündigen!“

Marc schob den Stuhl zurück und griff nach meiner Hand. Schlecht gelaunt folgte ich ihm auf die Couch – ja, denn dahin gingen normale Menschen nach einem anstrengenden Arbeitstag!

„Vielleicht“, gab er mir zögernd recht. „Da ist ein Brief von der Kanzlei Klett & Partner gekommen. Liegt auf deinem Bett.“

„Was? Oh, Scheiße!“

Ein Schreiben von der Kanzlei des Späthippies – das konnte nichts Gutes bedeuten! Vermutlich wurde ich jetzt auch noch verklagt! Würde dieser elende Tag denn niemals enden?

„Das wird ja immer schlimmer“, jammerte ich, und Marc zog mich in seine Arme.

„Na, wenn du da auch nicht hinwillst, dann solltest du diesem Koch einfach klarmachen, dass dein Herz allein mir gehört, dein Hintern nur von mir berührt werden will und er mit seiner Parkuhr nie da hinkommt, …“ Er küsste mich und strich mir die Haare aus dem Gesicht. Dann wanderten seine Hände tiefer. „… wo ich gleich sein werde.“

Kapitel 10

Am nächsten Morgen fühlte ich mich elend. Natürlich nicht wegen der beinahe schlaflosen und liebesspiellastigen Nacht, denn die war ganz nach meinem Geschmack gewesen – sondern wegen der Komplikationen auf der Arbeit. Wie sollte ich meinem neuen Chef nur jemals wieder unter die Augen treten? Wie sollte ich mein Verhalten von gestern erklären?

Ich trug heute Turnschuhe, um nicht noch einmal in Versuchung zu kommen, sie auszuziehen und irgendwo liegen zu lassen. Außerdem Jeans und eine hochgeschlossene Bluse, um Gideon keine falschen Signale zu senden. Trotzdem wusste ich noch immer nicht, ob ich kündigen sollte. Kündigen – und noch einmal den Stellenmarkt durchforsten? Oder Gideon überzeugen, dass eine rein geschäftliche Beziehung für uns beide am besten wäre?

Der Weg zu Kochs Villa kam mir heute vor wie der Gang zum Galgen. Meine Schritte waren lahm, und ich wäre rückwärts genauso schnell vorangekommen wie vorwärts.

Ich brauchte eine Ausrede. Vielleicht ginge eine gespaltene Persönlichkeit? Mein braves Ich, das nur den Job wollte – und mein Schlampen-Ich, das sich gestern in sein Bett geschlichen hatte … ziemlich glaubwürdig, weil es doch recht nah an die Realität heranreichte! Oder irgendeine Geschlechtskrankheit …

„Tripper!“, murmelte ich.

Das war überhaupt die Idee! Ich könnte behaupten, mir einen Tripper eingefangen zu haben. Damit würde sein Interesse an mir sicher schnell abkühlen.

Ich überlegte, welche Begleiterscheinungen Tripper wohl mit sich brachte? Sollte ich mich da nicht auskennen – so als Quasi-Betroffene? Vielleicht konnte ich schnell noch Google bemühen?

Ich kramte nach meinem Handy, als sich am Straßenrand neben mir die Schiebetür des Solaranlagentransporters öffnete.

Der schon wieder? Ich suchte mein Handy und …

Ein dunkler Handschuh presste sich schwer gegen meinen Mund, und ich verlor den Boden unter den Füßen. Ich wurde rückwärts geschleift, bis der Van mich verschluckte. Überrascht schlug ich um mich.

Was …???

Mein Gehirn musste mir dringend eine Erklärung liefern, denn bis jetzt wusste ich nicht, was gerade geschah.

„Na also!“, hörte ich eine Männerstimme, ehe die Schiebetür vor meiner Nase zugeknallt wurde. Schummrige Dunkelheit hüllte mich ein, und der Druck auf meinem Mund verstärkte sich.

Ich sollte schreien!

Vollkommen zeitverzögert setzte meine Abwehr ein. Ich stemmte mich gegen den Arm um meine Brust und presste ein gellendes Quieken zwischen meinen Lippen hervor.

Ich wurde entführt! Oh danke, danke, mein Gehirn lief endlich wieder an. Ich wurde entführt, vergewaltigt, ermordet und in Stücke gehackt!!

Mein Gehirn lief wirklich wieder – nur leider viel zu panisch.

„Halt still!“, knurrte mein zukünftiger Mörder.

Ich wurde entführt, unter Drogen gesetzt und zur Prostitution gezwungen!

Konnte mich nicht endlich einer bewusstlos schlagen, damit meine Fantasie aufhörte, solche Schreckensszenarien zu kreieren?

Ich zappelte mit den Füßen, und mein Peiniger keuchte.

„Zefix! Schluss damit! I lass los, sobald Sie sich beruhigt ham!“, beschwor er mich.

Toll! Ich war an den einzigen urbayrischen Serienkiller geraten! Dass er mit mir sprach, ließ nur diese Erklärung zu, denn umbringen würde er mich jetzt müssen. Seinen breiten bayrischen Dialekt würde ich unter Tausenden wiedererkennen. Na gut, zumindest unter tausend Sachsen, Schwaben und Hessen! Kein Serienkiller mit Verstand würde dieses Risiko eingehen. Ich hatte alle Folgen *Dexter* gesehen – und kannte die erste Regel des Killer-Kodex: Lass dich nicht erwischen!

Darum wehrte ich mich weiter. Ich rammte ihm meine Ellenbogen in die Rippen und hämmerte mit dem Kopf gegen seine Brust.

„Herrschaftszeit’n!“

Die Tür des Transportes ging auf, und ich blinzelte.

Juhu!!! Der Audi-Raucher! Er war mit seiner Fluppe im Mundwinkel gekommen, um mich zu retten!

„Was soll der Krawall, Edlmayer?“, fragte er verärgert und stieg in den Van. Schnell zog er die Tür wieder zu, und ich verstand gar nichts mehr. Was war denn hier los? Gehörte er etwa zu dem Van-Killer?

„Die is ned gscheid! Hört überhabt ned zua.“

Audi-Man schüttelte genervt den Kopf und bedeutete dem Killer, mich loszulassen.

„Dir passiert nichts! Mein Kumpel lässt dich jetzt los – aber sei bitte leise“, erklärte er gelassen.

Und tatsächlich ließ der andere Typ von mir ab. Ich wischte mir über die Lippen und sah mich hektisch um.

Edlmayer – wie Audi-Man den Entführer genannt hatte – musste Anfang zwanzig sein. Trotzdem trug er einen gezwirbelten Schnauzbart und eine altmodische Brille. Er sah gar nicht so gefährlich aus. Aber die Harmlosen waren ja immer die mit den perversesten Fantasien! Neben ihm reihten sich Monitore, Kopfhörer und eine Magnettafel mit verschiedenen Notizen daran auf. Dazu Dutzende Fotos von wilden Tieren. Das waren unter Garantie keine Solarinstallateure!

Audi-Man sah ein bisschen wie ein rebellischer Neureicher aus. Lederarmband, silberne Ringe an den Fingern, aber eine Krawatte passend zum Jackett. Der Eindruck bestätigte auch die Wahl seines Autos. Die beiden waren ganz klar komische Nerds! Mordende Entführer-Nerds!

Ich holte tief Luft.

„HIIIIILFEEEEE!“, kreischte ich so laut ich konnte,

und beide Kerle warfen sich zugleich auf mich. „Hiiiilfee!“, gab ich noch mal alles.

Edlmayers Schnauzer kratzte mich am Hals, und der Gestank nach Nikotin war übermächtig, als er mich schließlich Audi-Man übergab. Der zog mich mit sich auf die Beine.

„Schluss damit!“ Er griff in sein Jackett.

Shit! Er zog eine Waffe!!

Sofort stellte ich jede Gegenwehr ein und kniff die Augen zu.

„Ich bin Schmitt. Wir sind von *Wild Animal Wildlife*!“, hörte ich ihn sagen. „Mein Kumpel und ich …“

Er rüttelte mich am Arm, und ich spähte misstrauisch durch die Wimpern. Schmitt hielt mir irgendeinen Flyer mit Tieren in grässlich kleinen Käfigen vor die Nase – aber was bewies das schon? Konnte ja auch sein, dass meine Entführer nur eine neue Masche ausprobierten. Ein neues Kapitel im Playbook der Serienkiller: *Der Tierschützer!*

Klar, und der Schnauzbart war der etwas untalentierte Wingman in der Mordserie „*How I Met my Killer*“.

„Ich will nicht sterben!“, presste ich schluchzend heraus. „Ich habe Kinder!“, log ich spontan. „Zehn Kinder! Und … und eine Katze! Nein, äh … viele Katzen!“ (Vielleicht hatte das bei militanten Tierschützern mehr Gewicht!)

„Du wirst schon nicht sterben!“, schrie Schmitt. „Hör doch jetzt einfach mal zu!“ Er zündete sich genervt eine Zigarette an. „Wir brauchen deine Hilfe“, erklärte er wieder ruhiger und blies einen Schwall Rauch aus.

„Unseren Ermittlungen zufolge hast du das Vertrauen von Doktor Gideon Koch gewinnen können. Damit bist du als Einzige in der Lage, seine kriminellen Machenschaften auffliegen zu lassen!“

„Was? Gideon? Kriminelle Machenschaften?“ Erst jetzt erkannte ich, dass die Monitore Gideons Haus aus verschiedenen Perspektiven zeigte. „Ich verstehe nicht? Sind Sie von der Polizei?“

Mir wurde ganz schlecht. Vermutlich hatte mich mein Spruch mit dem Joint ins Fadenkreuz der Ermittler gerückt! Ich war geliefert. Ob ich lieber gleich ein umfassendes Geständnis ablegen sollte?

„Ich will einen Anwalt!“, presste ich heraus. „Und mir steht doch ein Anruf zu, oder nicht?“

Edlmayer schüttelte ungeduldig den Kopf, schwieg aber.

„Wir sind nicht von der Polizei. Das ist Angelegenheit des Zolls, aber denen sind die Hände gebunden, solange keine eindeutigen Beweise vorliegen. Wir unterstützen eine Tierschutzorganisation, die gegen den illegalen Handel mit exotischen Tieren vorgeht. Wir observieren Koch seit Monaten.“ Mit jedem Wort atmete Schmitt seinen stinkenden Qualm aus, und mir wurde langsam schlecht. „Du kennst den Verdächtigen. Wie es scheint, hast du Zugang zu seinem Anwesen.“

Es ging also allein um Gideon? Gut! Das bedeutete dann wohl, dass ich jetzt doch nicht verhaftet oder unter Drogen gesetzt wurde! Na, auch nicht so schlimm, wenn ich bedachte, dass schon der Joint-Witz wie ein Damoklesschwert über mir schwebte.

„Du sollst Informationen beschaffen, die Kochs Tatbeteiligung beweist“, erklärte Schmitt nüchtern. Seine Kippe war schon so kurz, dass der Gestank des glimmenden Filters den Van einhüllte. Das machte es mir fast unmöglich, seinen Worten zu folgen.

„Aber … aber ich …“ Echt, an diesem Morgen war mein Kopf reinste Dekoration.

„Koch und seine kriminellen Helfershelfer müssen gestoppt werden. Mit deiner Hilfe kann es uns endlich gelingen, die Bande zu überführen.“

„Kriminell?“, echote ich, weil ich Zeit schinden wollte, um mein Gehirn neu hochzufahren. Vermutlich ahnten die beiden schon, dass ich – als ihre einzige Hilfe – eine echte Nullnummer darstellte. Das wäre auch eine Erklärung dafür, dass Schmitt einfach weitersprach, ohne meine Frage zu beantworten.

„Die zum Teil brutalen Fangmethoden, der illegale Transport und die unsachgemäße Haltung fügen diesen Wildtieren beträchtlichen Schaden zu. Ganz abgesehen davon, dass gegen Einfuhrbestimmungen verstoßen wurde.“

Konnte das sein? Irgendwie wollte ich nicht glauben, dass ein Mann, der so gut aussah – und so einen ehrbaren Beruf ausübte –, zu solchen Taten fähig sein sollte.

Und ich konnte nicht glauben, dass ausgerechnet ICH als Geheimagentin für diese Tierschützer tätig werden sollte. Eine Geheimagentin! ICH?

„Denk darüber nach. Diese Männer sind Kriminelle.“ Er machte eine bedeutungsschwere Pause. Im Film würde sich die Musik steigern – und auch ohne Musik beschleunigte sich mein Puls noch weiter. „Und sie sind gefährlich!“

Edlmayer nickte.

„Des san echte Daifi.“

Echte Teufel? Hm, in Bezug auf Boris gab ich dem Schnauzbart recht. Aber Gideon? Was, wenn er da nur versehentlich hineingeraten war – so wie ich jetzt?

„Sind Sie denn sicher, dass Gideon damit etwas zu tun hat?“

Schmitt nickte.

Na schön – damit stand ja wohl fest, dass ich meiner Pflicht nachkommen musste. Ich konnte ohnehin noch einige Karmapunkte gebrauchen. So, wie mich das Pech zurzeit verfolgte, hatte meine Weihnachtsbaum-Rettung mein mieses Karma noch nicht ganz vertreiben können.

„Na schön“, überlegte ich laut. „Wenn ich das mache, was … also, was genau muss ich denn dann tun? Und bekomme ich eine Waffe? Oder ein Auto?“

Ein Auto wäre super, weil meine Karre ja noch immer nicht …

„Aber nein! Keine Waffen! Das ist doch kein Bond-Film! Wir würden dich verkabeln und du müsstest Koch zu einem Geständnis bringen. Stehst du ihm nahe genug, um das zu schaffen?“

„Nun, ich …“

„Zefix! Sie is in sei Schlofzimma nei grabblt. Des werd sie ihm scho irgendwie verkaf'n kenna.“

Hä? Ich tat mir schwer, Edlmayers Gebrabbel zu folgen.

„Du warst in seinem Schlafzimmer?“, hakte Schmitt

nach und musterte mich interessiert. „Dann hat mein Kollege recht. Du schaffst das. Tu einfach so, als hättest du … nun, sagen wir, Interesse an Koch."

Uff! Und dabei hatte ich doch vorgehabt, Gideon davon zu überzeugen, dass ich KEIN Interesse an ihm hatte!

Noch ehe ich Einwände hätte erheben können, begann Edlmayer damit, Kabel abzurollen. Als er an meiner Bluse zupfte, fuhr ich zusammen.

„Mal langsam! Was wird das?", rief ich und hielt mir die Hände schützend um den Bauch.

„Des san die Mikros", erklärte Edlmayer, und Schmitt nickte mir beschwichtigend zu.

„Keine Sorge. Man wird das später nicht sehen. Wenn du dich normal verhältst, dann wird keiner merken, dass wir jedes Wort aufzeichnen."

„Was soll ich denn eigentlich tun?"

„Finde Hinweise auf die Lagerorte der Tiere. Ein gemieteter Container, eine Lager- oder Industriehalle, die auf Gideons Namen läuft. Zahlungseingänge, die nicht zugeordnet werden können, oder …"

„Oder Tigerbabys, die an der Leine durch sein Wohnzimmer geführt werden?", schlug ich zögernd vor. Wenn ich so darüber nachdachte, hielt ich es plötzlich doch für möglich, dass der gut bestückte Gideon Dreck an seinem mächtigen Stecken hatte.

„Bitte? Tiger? Im Wohnzimmer? Ein lebendes Wildtier auf dem Gelände wäre das Beste, was uns passieren könnte. Dann könnte sogar der Zoll endlich zuschlagen. Wir arbeiten eng mit den Behörden zusammen, und es steht ein ganzes Sondereinsatzkommando bereit – für den Fall, dass wir endlich Beweise liefern." Schmitt war ganz aus dem Häuschen.

Und ich nun offiziell eine Spionin!

Kapitel 11

Mit all den Kabeln am Körper und dem Stecker für Anweisungen im Ohr fühlte ich mich wie ein *Transformer*. Meine ruckartigen Bewegungen passten sehr gut zu diesem Vergleich. Ich bemühte mich, gelassen zu wirken, als Boris mir das Tor öffnete und mich zur Villa begleitete. Möglichst lässig schlenkerte ich mit den Armen und versuchte, ein normales Gespräch zu führen.

„Guten Morgen, Boris! Was für ein Frühlingswetter! Ich habe schon richtige Frühlingsgefühle!"

Hä? Was redete ich denn da für einen Unsinn?

Boris runzelte die Stirn. „Du hier nur arbeiten. Nix Frühlingsgefühle!", brummte er und dirigierte mich die Stufen hinauf.

„Ruhig bleiben!", ermahnte mich Schmitt durch den Stecker in meinem Ohr. Unbewusst strich ich mir die Haare darüber.

„Verstanden", flüsterte ich.

„Du darfst auf keinen Fall auf unsere Anweisungen antworten! Sieh dich einfach nur um."

„Verstand… Shit! Ich meine …"

Wie sagte man *nicht,* dass man verstanden hatte? So ein Chaos!

Durch meinen neuen Blickwinkel als Superspionin scannte ich die Umgebung also noch einmal ab. Alles, was mir vorher unauffällig erschienen war, nahm ich erneut unter die Lupe. Illegales Treiben … wo steckst du???

Mir fiel ein verdächtig prall gefülltes Sofakissen auf – sicher steckten da Geldscheine unter dem Bezug. Und einer der Kunstdrucke hing leicht schief. Ob sich dahinter ein geheimer Tresor verbarg? Ich fühlte, wie mir die Augen der porträtierten Dame bei jedem Schritt folgten.

Jetzt, wo meine Sinne übermenschlich geschärft waren, entging mir nichts mehr!

Vor mir auf dem Teppich machte ich Tierhaare aus – entweder von den Hunden oder … oder von einem dunkelhaarigen Affen! Oder einem Bären.

Ich sollte eine Probe nehmen, um einen DNA-Abgleich durchführen zu lassen.

„Du endlich gehen in Büro!“, schimpfte Boris und hielt mir wartend die Tür auf.

Schnell und unauffällig leistete ich seiner Aufforderung Folge und setzte mich mit einem strahlenden Heidi-Klum-Lächeln hinter den Rechner.

„Ist Gideon … ähm, ich meine Doktor Koch … heute wieder in der Praxis?“

Ich musste wissen, ob ich mich auf sexuelle Abwehr vorbereiten musste, denn immerhin klebte mir ein Mikrofon zwischen den Brüsten.

„Ja. Du machen deine Arbeit – er machen seine.“ Boris sah mich eindringlich an. „Und ich machen meine!“

War das eine Drohung? Klang so. Aber warum sollte er mir drohen? Ich hatte mich doch, abgesehen von meinen Schuhen in Gideons Schlafzimmer und der Fassadenkletterei, immer sehr unauffällig verhalten.

Als ich endlich allein war, machte ich mich am Computer auf die Suche nach Hinweisen. Edlmayer würde sich an seinem bayrischen Fluch verschlucken, wenn ich den ganzen Fall bis Mittag gelöst haben würde! Und das musste ich, denn dann würde Gideon seine Praxis schließen und nach Hause kommen. Und nach all diesen unerwarteten Wendungen wollte ich ihm nicht mehr unbedingt in die Arme laufen.

Ich nahm mir noch mal die Kontobewegungen vor und druckte aus, was mir komisch vorkam.

Der Betreff „Für den König“ war ganz klar eine Anspielung auf den König der Löwen! – also ein illegaler Löwe. Und die Reisen nach Sumatra und in sonstige exotische Länder untermauerten meine Befürchtungen.

Ich druckte auch das alles aus. Nun widmete ich mich den Immobilien. Schmitt vermutete Gideons lebendige Handelsware in einer Lagerhalle.

„Haus in der Schweiz, Wohnung in Ischgl, eine Bootsgarage am Münchner Stadtrand und mehrere Mietswohnungen in der ganzen Region“, zählte ich für die Männer im Observationswagen leise mit auf.

Heilige Scheiße, so ein Tierarzt mit illegalem Nebeneinkommen konnte sich echt was leisten!

Das Mikrofon in meinem Ohr knackte, ehe ich Schmitts Stimme direkt in meinem Kopf vernahm: „Du machst das super! Was findest du über die Bootsgarage?“

Ich vertiefte mich in die dazu passenden Unterlagen und gab Schmitt die Adresse durch.

„Es ist echt komisch, denn ich finde in all den Unterlagen überhaupt kein Boot“, überlegte ich.

„Rate, was er dort lagert?", antwortete Schmitt, ehe ein weiteres Knacksen signalisierte, dass das Gespräch beendet war.

Was er dort lagerte? Mir wurde ganz schlecht. Hatte ich gerade einen Beweis für Gideons Beteiligung an all diesen furchtbaren Taten gefunden? Meine Mutter würde sehr enttäuscht sein, hatte sie sich doch den attraktiven Tierarzt als Schwiegersohn auserkoren. Oder als Lustknaben … wofür auch immer, sie würde auf jeden Fall mir die Schuld geben! Und Pussy würde auch sehr enttäuscht sein – immerhin hatte er uns sogar am Abend vor Weihnachten geholfen.

Der Gedanke an Weihnachten brachte mir auch mein komisches Gefühl von damals wieder in Erinnerung. War da nicht ein Schrei gewesen? Und ein merkwürdiger Knall? Von irgendwo im Erdgeschoss? Und gestern dieses komische Knurren?

Ich sollte mir das auf jeden Fall noch genauer ansehen. Aber zuerst … Ich stand auf und wollte meine Beweise aus dem Drucker nehmen, aber ein Papierstau ließ sämtliche Lämpchen an dem Gerät leuchten.

Verdammt! Ein Papierstau! Das war der Super-GAU! Ich konnte alles – außer Drucker und Kopierer – dazu bringen, mir zu geben, was mir zustand!

„Na warte, du Scheißding! Ich mach dich alle!", fluchte ich und riss das Papierfach heraus.

In meinem Ohr knackte es.

„Bist du aufgeflogen? Wir holen Verstärkung!"

„Was? Nein, ich … ich komme klar!", beschwichtigte ich Schmitt, denn ich hatte eine Idee. Marc! Er war doch immer mein Retter – und er war ein Held am Computer. Ein Drucker würde für ihn kein Problem darstellen.

Ich rannte zu meiner Handtasche und kramte mein Handy hervor.

„Hi, Süße, na, hast du deinen Doktor in die Schranken verw…"

„Marc!", unterbrach ich ihn hektisch. „Du musst mir helfen! Ich habe ein Riesenproblem! Du ahnst nicht, was heute passiert ist."

In meinem Ohr knackte es.

„Stopp! Kochs Villa könnte verkabelt sein. Ein Mann wie er sichert sich ab! Du darfst nichts Verdächtiges sagen!", ermahnte mich Schmitt.

„Was ist denn nun schon wieder passiert?", übertönte Marc Schmitts Warnung.

„Was?" Ich war überfordert. „Also …"

„Nichts sagen, was die Mission gefährdet!"

„Warum rufst du an, Annalein? Hast du Sehnsucht? Soll ich dir erzählen, was ich heute Nacht geträumt hab?"

Shit! Das lief ja alles total aus dem Ruder.

„Nein! Marc! Hör zu …"

Schweigen am Ende beider Leitungen. Ich holte tief Luft. „Ich habe einen Papierstau – du musst mir helfen, sonst …"

„Nichts über die Mission!", warnte mich Schmitt erneut.

„Ja, Herrgott! Ich weiß! Halt doch mal den Mund!", schrie ich auf.

„Was?" Marc war zurecht verwirrt. „Ich hab gar nichts gesagt."

„Ja, ich … vergiss es, Marc! Sag mir lieber, wie ich das Papier wieder aus dem Drucker bekomme. Wenn ich das nicht hinbekomme …“ Ich suchte nach einer diplomatisch unverfänglichen Erklärung. „… dann bekomme ich echte Schwierigkeiten.“

Das war nicht mal gelogen. Sollte Boris sehen, was ich ausgedruckt hatte, würde er mich vermutlich an die Dobermänner verfüttern.

„Ist alles in Ordnung, Annalein? Dieser Tierarzt lässt dich doch hoffentlich in Ruhe?“

„Ja, keine Sorge. Hilf mir nur bitte ganz schnell mit dem Drucker!“

„Na schön. Hat der Drucker eine hintere Kassette? Meistens kann man da das Blatt sehen, das sich verklemmt hat.“

Ich suchte – und fand das Fach, von dem Marc sprach, und tatsächlich schaffte ich es, das Papier zu fassen zu bekommen.

„Klappt es?“

„Ja, ich … warte … jetzt hab ich’s.“ Ich zerknüllte das verkrüppelte Blatt und wartete, bis die anderen Ausdrucke nun säuberlich ausgespuckt wurden. „Danke, Marc!“

„Ist wirklich alles in Ordnung? Du klingst gestresst. Eigentlich wollte ich es dir erst später sagen, aber …“

„Ja, sag’s mir später! Ich muss hier dringend weitermachen.“

„Warte! Ehe du dich da noch mehr reinstressen lässt: Die Kanzlei, bei der du dich neulich vorgestellt hast, hat angerufen. Ob du ihren Brief nicht bekommen hättest?“

Mir stockte der Atem.

„Was?“, rief ich und taumelte zu meinem Bürostuhl. Das war nicht der richtige Zeitpunkt für schlechte Neuigkeiten. Wütend warf ich die Blätter auf den Tisch. Dieser Scheiß-Kiffer-Witz! Trotzdem war das jetzt nebensächlich.

„Marc, wir … wir reden später. Ich muss, ehe Gideon …“

„Nichts über die Mission!“, hallte schon wieder Schmitts Stimme in meinem Ohr.

„Herrgott, fick dich! Dieser ganze Scheiß hier macht mich noch ganz verrückt!“

„Was?“ Marc klang wirklich verwirrt, aber darauf konnte ich jetzt keine Rücksicht nehmen.

„Ich erkläre es dir später!“, versprach ich und legte auf.

Gerade rechtzeitig, um zu bemerken, dass ein Mercedes-Transporter mit dunkel getönten Scheiben die Auffahrt heraufgerollt kam. Boris ging dem Wagen entgegen, die Hunde im Schlepptau.

Ha! Das war meine Chance!

„Ich durchsuche das Erdgeschoß“, flüsterte ich für die beiden im Überwachungsfahrzeug, ehe ich in den Flur schlich. Mit den Turnschuhen war ich im Nu die Treppe unten und versuchte, mich zu erinnern, von wo das Geräusch gekommen war.

Gideon hatte Boris am Weihnachtsabend in Richtung Küche geschickt, also schlich ich dorthin. Ich öffnete die Tür und erstarrte.

„Komm raus – der Zoll stürmt gerade die Bootsgarage! Wenn Koch das mitbekommt, wird es vielleicht brenzlig“, warnte Schmitt, und ich kniff frustriert die Lippen zusammen.

Klar – das hätte er ja auch nicht eine Minute früher sagen können!

„Anna? Was machst du hier?“, fragte Gideon und bedeutete den Männern neben sich, ihre Waffen herunterzunehmen.

Eine große Holzkiste stand auf dem Boden zwischen mir und den Bewaffneten. Darin wand sich eine riesige Schlange.

„Anna?“, hakte Gideon noch einmal nach und kam langsam auf mich zu. Ich wich an die Tür zurück.

„Ich … ich suche das Klo“, presste ich heraus.

„Bist du aufgeflogen?“, hallte Schmitt in meinem Ohr.

War ich aufgeflogen? Es sah so aus. Ich würde dieses Haus vermutlich im Magen dieser Schlange verlassen! Ich musste Schmitt unauffällig sagen, was hier vorging.

„Ja, äh … das … das in der Kiste ist eine riesige illegale Schlange.“

Ahhh! Wie unauffällig war es denn, diese Anakonda als illegal zu bezeichnen?

Sicher sah Gideon das genauso, denn sein Blick verfinsterte sich. Ich griff nach dem Türgriff und taumelte nach hinten in den Flur, als Boris die Tür energisch aufriss. Ich fiel ihm direkt in die Arme.

„Ah! Hier ist sie. Hat ihre Nase gesteckt in unsere Angelegenheit!“, donnerte er und warf meine Ausdrucke vor Gideon auf den Boden. Die hatte ich offensichtlich auf dem Schreibtisch liegen lassen!

Ich war echt geliefert!

„Was haben wir denn da?“, fragte Boris und tastete meinen Oberkörper ab. Dann riss er mit einem Ruck meine Bluse auf, und der ganze Kabelsalat offenbarte sich.

„Hiiiiiiilfeeeee!“, kreischte ich, ehe er mir das Mikro mitsamt dem Klebeband vom Körper riss.

„Miststück!“ Boris stieß mich zu Boden. „Was wir jetzt machen mit ihr? Die Übergabe wir können vergessen!“

Die Männer beeilten sich, einen Deckel auf die Kiste zu machen, was ich erst mal ganz gut fand – vor allem, weil ich nicht in der Kiste lag, als das geschah. Gideon sah mich bedauernd an, dann rannte er zur Tür.

„Plan B!“, rief er, und Boris nickte.

Offenbar wussten alle außer mir, was Plan B bedeutete. Vermutlich **B**eseitigen von Beweisen … und Zeugen.

Darum sprang ich auf und rannte los. An der Haustür stand Gideon und zückte eine Pistole, also floh ich wieder die Stufen hinauf. Boris kam mir fluchend nach, und auch die Hunde kläfften irgendwo hinter mir.

So eine Scheiße! Warum rannte ich weg? Warum hatte ich nicht ebenfalls eine Waffe? Was war ich denn bitteschön für eine Spionin? Ich brauchte eine giftpfeilspuckende Uhr – und eine Lizenz zum Töten!

Da meine Ausstattung demnach arg zu wünschen übrigließ, blieb mir nur die Flucht, denn die Hunde kamen immer näher. Ich rannte den Gang entlang, am Arbeitszimmer vorbei – Shit! Da drin lag mein Handy! An Gideons Schlafzimmer vorbei – Shit! Da hätte ich am Efeu hinunterklettern können! Und durch die nächstbeste Tür.

Ha! Ich hatte das Badezimmer gefunden!

WAHHHHH!

Ein Badezimmer mit einem Babykrokodil in der Badewanne! Einem hungrigen Krokodil, wenn ich den Blick des Reptils richtig deutete.

Ohne nachzudenken, stolperte ich rückwärts und hastete zurück in den Flur.

Ein Fehler – wie sich herausstellte, denn Pinky – oder war es Brain? – übernahm jetzt die Herrschaft, indem er seine Zähne in meinen Schuh grub.

„Scheißtöle!“, schrie ich und humpelte, den Hund mit mir schleifend, weiter.

„Bleib stehen!“, warnte mich Boris, richtete sein Gewehr auf mich und drückte ab.

Der Schmerz war … gar nicht so schlimm wie erwartet, aber ich ging dennoch augenblicklich zu Boden.

Hmm, ich hatte immer angenommen, es würde wehtun, wenn einen eine Gewehrsalve niederstreckt. Na, ich wollte mich ja in meiner letzten Sekunde auf Erden nicht beschweren. Stattdessen hätte ich gerne noch erfahren, wovon Marc heute Nacht geträumt hatte …

Kapitel 12

Eine lange Bewusstlosigkeit später fragte ich mich, wie um alles in der Welt ich mich in dieser Situation wiederfinden konnte. Wie um alles in der Welt war ich hier gelandet?

Ich lag an Händen und Füßen gefesselt auf Gideons Bett und blinzelte benommen gegen die Trägheit an, die meine Glieder befallen hatte. Eine Gänsehaut überzog meinen Körper, als Marc mit hochrotem Kopf die Tür aufbrach.

Das Holz splitterte und flog bis auf den Bärenteppich. „Sie ist hier!“, rief er, und drei Männer in Kampfanzügen und mit Sturmgewehren im Anschlag drängten sich an ihm vorbei in den Raum. Akribisch durchsuchten sie alles, hoben Vorhänge an und schauten unters Bett.

„Gesichert!“, brüllte einer, während die anderen schon wieder den Rückzug antraten.

Hallo??? Und was war mit mir? Sie würden mich doch hier nicht einfach so liegen lassen? Und warum stand Marc nur so da?

„Ist sie das?“, fragte mein einzig verbliebener Retter und schob Marc zu mir ans Bett.

Erst jetzt fragte ich mich, ob ich halluzinierte, denn was in aller Welt hatte Marc hier verloren? Wie war das möglich? Er war weiß wie die Wand und kam mir neben dem Kerl in der Kampfmontur doch ziemlich schmächtig vor.

„Anna!“ Erleichtert beugte er sich über mich und strich mir über die Wange. Ich wollte nichts mehr, als in seiner Umarmung Schutz zu suchen. Allerdings gehorchte mir mein Körper überhaupt nicht.

„Was zum Teufel ist denn hier los?“, fragte er und musterte mich erschrocken.

Es war sicher nicht gerade erfreulich, wenn man die eigene Freundin mit zerrissener Bluse und gefesselt im Bett eines anderen vorfand. Aber hey – ich hatte doch eine wirklich logische Erklärung dafür. Immerhin war ich eine waschechte Tierschutzspionin mit der Lizenz zum Abhören, die zudem noch einen illegalen Tierschmugglerring hochgenommen hatte. Zumindest sah es für mich ganz danach aus, da anstatt des mordenden Boris das Sondereinsatzkommando der Polizei sich meiner angenommen hatte.

„Das … das kann ich dir jetzt alles nicht erklären“, flüsterte ich noch immer geschwächt. „Wie … wie kommst du hierher?“

Er schüttelte den Kopf.

„Du warst vorhin am Telefon so komisch – da hab ich mir Sorgen gemacht. Ich hab dann ein paar Mal versucht, dich am Handy zu erreichen, aber du bist nicht drangegangen. Darum bin ich hergekommen. Ich wollte gerade am Tor klingeln, als mich so ein Kerl mit breitem Dialekt angesprochen hat. Er hat gesagt, ich solle da jetzt besser nicht rein – nicht, ehe sie die ganze Bande hochgenommen hätten.“ Marc strich sich noch immer ganz konfus durchs Haar.

Ich hätte ihm gerne Trost gespendet, denn mir war klar, dass es schwer sein musste, herauszufinden, dass der geliebte Partner in Wahrheit ein Spion war. Er fühlte sich sicher wie Brad Pitt in *Mr. & Mrs. Smith*. Nur, dass ich nicht Angelina Jolie war – und ihn zumindest im Moment auch nicht umbringen wollte.

„Oh, Marc – es tut mir alles so leid!“

„Ehe ich wusste, wovon der Typ überhaupt spricht, kam schon das SEK mit ihren schusssicheren Westen und dem ganzen Kram. Ich hab mich einfach an sie rangehängt.“

Er zupfte mir vorsichtig den Betäubungspfeil, den Boris mir verpasst hatte, aus dem Oberschenkel und hob die linke Augenbraue – diesmal aus Sorge und nicht aus Spott.

„Ich bin so froh, dass dir nichts passiert ist!“, gestand er und machte sich an den Fesseln zu schaffen. „Auch, wenn ich wirklich gerne wüsste, warum du dich immer wieder in solche Situationen bringst. Du bist echt etwas Besonderes, Annalein!“

Es war süß, dass er das sagte. Allerdings ließ dieses „Besondere“ mehrere Auslegungen zu. Aber wollte ich wirklich herausfinden, was genau er damit sagen wollte? Besser nicht!

„Was ist mit Koch? Und Boris? Und der Schlange und dem Krokodil?“

Marc lachte.

„So einen Russen haben sie in der Auffahrt verhaftet, Koch ist wohl auf der Flucht, und der Rest … keine

Ahnung, aber das ist mir im Moment auch ziemlich egal." Er beugte sich über mich und küsste mich. „Herrgott, Annalein! Du hast mir einen teuflischen Schrecken eingejagt!"

Ich kicherte, denn ansonsten hätte ich vor Erleichterung, dass wirklich alles überstanden war, geheult.

Zu Hause ließ mir Marc ein Schaumbad ein, entzündete Kerzen und kochte mir einen Tee zur Beruhigung, auch wenn ich dem Anlass entsprechend lieber einen Martini – geschüttelt, nicht gerührt – getrunken hätte.

Es war so süß, wie er sich um mich kümmerte. Er hatte mich den ganzen Weg nach Hause getragen, weil die Wirkung des Betäubungspfeils noch immer nicht ganz nachgelassen hatte.

Jetzt fühlte es sich so an, als säße ich anstatt auf meiner Arschbacke auf einem Hämorrhoidenkissen! Marc kniete neben der Wanne und fuhr mir mit dem Waschlappen über die Schulter.

„Ich brauche einen neuen Job, Marc!", erklärte ich matt und sank tiefer in das heiße Wasser.

Ein leises Lachen entstieg seiner Kehle, und mir wurde wärmer. Das Wasser rann aus dem Waschlappen über meine Brust.

„Dann ist es ja praktisch, dass diese Kanzlei Klett gerne wissen würde, ob du jetzt den Job bei ihnen annehmen willst – denn nach Aussage der Sekretärin hast du den Chef dort ordentlich beeindruckt."

Ich fuhr hoch, sodass Wasser auf Marcs Shirt schwappte.

„Echt? Das gibt's doch nicht!"

Ich konnte es nicht fassen. Sollte es so einfach sein, Fotzen-Harald und Kroko-Doc Gideon hinter mir zu lassen und stattdessen meine Zukunft in die Hände von Hippie-Klett zu legen? Das klang beinahe verlockend. Verlockend NORMAL! Wurde ich jetzt am Ende noch seriös? Und war seriös nicht das Ende jeder Femme fatale?

Marc betrachtete sein nasses Shirt, dann zuckte er die Achseln und zog es kurzerhand aus.

„Doch. Das stand wohl auch in dem ungeöffneten Brief auf deinem Bett – aber jetzt sag mir bitte nicht, dass du mit dem auch schon einschlägige Pfannenwendererfahrungen gemacht hast!"

Ich lachte und spritzte etwas mehr Wasser auf ihn.

„Blödmann!"

Um seinem Spott zu entgehen, behielt ich lieber für mich, dass Klett mich schon jetzt für ein böses Mädchen hielt. Aber es war das böse Mädchen in mir, das jubilierte, als Marc mit einem breiten Grinsen auch noch seine Hose auszog und zu mir in die Wanne stieg.

„Du bist ja schon wieder ganz schön frech, dafür dass du gerade noch hilflos und halbnackt und mit einem Betäubungspfeil im Bein an ein Bett gefesselt warst", foppte er mich und schlang seine Arme von hinten um mich.

„Ich hätte echt nicht gedacht, dass du dir so eine einmalige Gelegenheit entgehen lässt. Immerhin war da ein riesiger Spiegel über dem Bett“, scherzte ich, auch wenn mich die Erinnerung an meine Hilflosigkeit durchaus erschreckte.

„Och, Annalein.“ Er biss mir sanft in den Hals. „Wenn ich dich jemals so haben will, dann werde ich es mir nicht nehmen lassen, dich selbst zu fesseln – aber betäuben werde ich dich nicht, denn ich mag es, wenn du das Tempo vorgibst.“

Huuuu! Das Badewasser würde gleich anfangen, zu kochen!

„Aber vielleicht sollten wir uns ein Hotelzimmer mit Spiegel an der Decke buchen“, überlegte Marc, während er mich einseifte.

„Hotel? Welches Hotel? Habe ich was nicht mitbekommen?“

Er ging seiner Aufgabe sehr gründlich nach, und ich schloss genießerisch die Augen. Sanft war durchaus auch mal ganz gut – so zur Abwechslung.

„Na, ich hab gedacht, ehe du dich gleich wieder in tödlicher Mission in deinen neuen Job stürzt, könnten wir doch erst mal in den Urlaub fahren. Nach all den Strapazen der letzten Tage ...“

Ich konnte Marcs Worten kaum folgen. Dort, wo er mich berührte, war von der Betäubung nichts mehr zu merken und ein köstliches Prickeln durchrieselte meinen Körper.

„Perfekt“, murmelte ich, ohne so recht zu wissen, was genau ich meinte. Seine Reisepläne, seine aktuellen Pläne oder beides.

Nur eines war in diesem Moment wichtig: das Quantum Trost, das Marcs Nähe mir spendete!

Ende

Lesen Sie auch:

In den Armen des Piraten

Adam Reed, der berüchtigte Captain Blacksoul, sinnt nur auf eines: Rache an dem Mann zu nehmen, der ihn einst an Leib und Seele gezeichnet hat. Getrieben davon durchkreuzt er auf der Suche nach Vergeltung die Meere.

Als Josephine Legrand in Blacksouls Hände fällt, verspürt sie nichts als Angst. Doch der unnahbare Pirat stürzt seine Gefangene schon bald in ein Meer der Gefühle, denn trotz ihrer Furcht weckt er eine Sehnsucht in ihr, die sie den Kampf um sein Herz aufnehmen lässt. Wird es der Französin im Sog aus Leidenschaft und Verlangen gelingen, die Ketten um Blacksouls Herz zu sprengen und ihn die Schrecken der Vergangenheit vergessen zu lassen?

Wird sie die Liebe finden – *in den Armen des Piraten?*

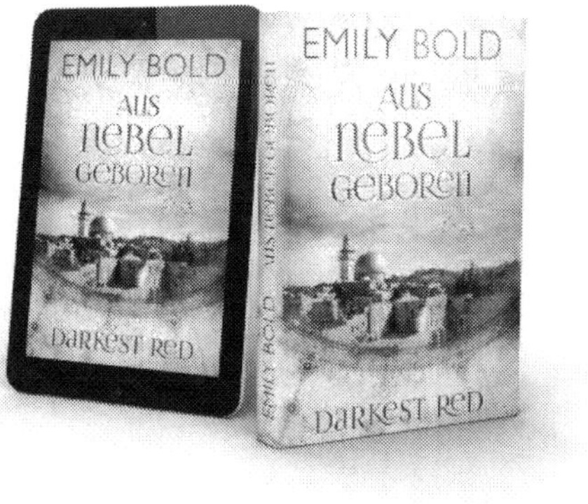

Aus Nebel geboren (Darkest Red #1)

Während der Kreuzzüge unter Papst Urban II. fällt einer Gruppe von Rittern eine mysteriöse Reliquie in die Hände, die den Ursprung des christlichen Glaubens infrage stellt und die seither um jeden Preis verborgen werden muss.

Als ein kostbarer Rubin in einem Pariser Nachtclub auftaucht, ahnt die mittellose Tänzerin Fay nicht, welch unvorstellbare Kraft dieser in sich birgt. Sie gerät ins Visier mächtiger Feinde, und nur Julien Colombier scheint in der Lage, sie zu beschützen. Aber nicht nur ihr Schicksal liegt in den Händen des geheimnisvollen Fremden, sondern das Wohl der gesamten Menschheit, denn die Verschwörung um den mysteriösen Edelstein ist so alt wie das Christentum und bedroht den Glauben von Millionen von Menschen.

Doch kann Fay dem Unbekannten vertrauen, der sein Leben einzig und allein dem Schutz der machtvollen Reliquie gewidmet hat?

Der Auftakt zur **Darkest Red-Serie**. Der Roman enthält erotische Szenen.

Emily Bold wurde 1980 in Mittelfranken geboren, wo sie auch heute noch mit ihrem Mann und ihren beiden Töchtern lebt.

Sie schreibt Liebesromane für Jugendliche und Erwachsene und blickt mittlerweile auf zwanzig deutschsprachige sowie acht englischsprachige Bücher und Novellen zurück, die den Lesern viele romantische Stunden, und Emily Bold eine begeisterte Leserschaft beschert haben. Roman Nr. 21 ist bereits in Arbeit.

Über das Schreiben sagt sie: "Schreiben ist für mich Entspannung, Passion und Leidenschaft. Mit meinen eigenen Worten neue Welten und Charaktere zu erschaffen ist einfach nur wundervoll."

Nach "Ein Kuss in den Highlands" und "Klang der Gezeiten" veröffentlichte Emily mit "Lichtblaue Sommernächte" bereits ihren dritten zeitgenössischen Liebesroman. Der Titel erschien bei den Ullstein Buchverlagen.

Emily freut sich über Post von ihren Lesern - schreiben Sie ihr: kontakt@emilybold.de oder besuchen Sie Emily auf ihrer Homepage: emilybold.de und thecurse.de. Werden Sie Fan bei Facebook: facebook.com/emilybold.de

Bücher von Emily Bold

Zeitgenössische Liebesromane

Historical Romance

Fantasy Romance

15085221R00074

Printed in Poland
by Amazon Fulfillment
Poland Sp. z o.o., Wrocław